ET SI

(TOME 2)

© 2025 CARLIE
Édition : BoD · Books on Demand, 31 avenue Saint-Rémy, 57600 Forbach, bod@bod.fr
Impression : Libri Plureos GmbH, Friedensallee 273, 22763 Hamburg (Allemagne)
ISBN : 978-2-3225-5131-6
Dépôt légal : Janvier 2025

On pouvait entendre au loin le clocher de l'église annoncer à la ville entière la mauvaise nouvelle du jour. Une semaine s'était écoulée depuis son dernier souffle, je me remémore le cœur lourd et les yeux rouges le moment où le médecin qui s'occupait d'elle nous a annoncé qu'elle s'était envolée au ciel. Cailin sa mère s'était effondrée dans les bras de son fils, criant toute sa détresse. Les infirmières qui accompagnaient l'homme à la blouse blanche nous consolaient comme elles le pouvaient, mais qui est capable de consoler une mère venant de perdre la chair de sa chair ? Maximilien, lui, venait d'aider sa mère à s'asseoir sur une des chaises disposées dans le couloir et frappait partout, un coup de poing dans le mur, un coup de pied dans une chaise, tout ce qui se trouvait devant lui devenait son punching ball. Et moi, je me trouvais vide devant la vitre de la porte de sa chambre d'hôpital, à regarder deux femmes débrancher petit à petit les tuyaux reliant Alexie à cette machine qui l'aidait à respirer quelques minutes auparavant, l'une d'entre elles ajouta un drap blanc sur le visage de celle que je ne pourrai plus prendre dans mes bras dorénavant. Je fermais les yeux et la première larme d'une longue série coula sur une de mes joues. C'était la dernière fois que je voyais le visage d'Alexie. En rouvrant les yeux, son cercueil était face à moi, prêt à être mis sous terre. Toute sa famille m'entourait, certains pleuraient, d'autres adressaient quelques mots à madame Carter et son fils. Personne ne me connaissait et je suis certain qu'aucun membre de sa famille réunie aujourd'hui connaissait réellement mon Alexie. Face à cette tombe je restai muet, comme tous les jours depuis sa mort, je n'acceptais pas, j'espérais me réveiller une nouvelle fois à ses côtés, ne pas avoir affaire à cette tombe dans mon costard sombre. Je portais mon regard à ces quatre hommes qui descendaient peu à peu le cercueil sous terre, toutes ces personnes pleuraient sa mort et moi je restais toujours figé sur place, vide. Deux des hommes refermèrent la pierre tombale et là tout le monde s'éloigna en direction du portail du cimetière, comme si Alexie était déjà oubliée, eux ils pourront passer à autre chose facilement, mais moi. madame Carter et Maximilien ? Comment continuer à vivre sans la personne que l'on aime ? La main de Maximilien se posa sur mon épaule et nous restâmes tous les deux devant sa tombe à regarder toutes ces fleurs. Et je dis au revoir à mon premier amour, pour la dernière fois.

1.

Le lendemain de cette pénible épreuve, je somnolais dans mon lit, enfoncé dans l'obscurité de ma chambre. Enveloppé dans ma couverture je regardais par moments la place vide qui se trouvait à côté de moi, en fermant les yeux je pouvais encore l'imaginer là, allongée, recroquevillée dans mes bras, sentir son odeur, caresser ses cheveux, entendre son rire... Le bruit d'un cognement à ma porte m'extirpa de mes pensées, je me redressais en collant mon dos au mur, mes parents entrèrent tous les deux l'un derrière l'autre, ma mère se rapprocha et s'asseya au pied de mon lit tandis que mon père refermait la porte avant de s'adosser contre. Elle me regardait avec ce petit sourire de compassion mélangé à de la tristesse. Il faut dire qu'ils connaissaient peu Alexie, enfin à travers l'écran de mon téléphone surtout, à chaque nouvelle photo je ne pouvais m'empêcher de la lui montrer, elle disait toujours qu'elle la trouvait jolie et qu'elle adorerait un jour la voir à la maison pour faire sa connaissance. Malheureusement ils n'auront jamais cette chance. Ma mère avait juste deviné que j'en étais tombé amoureux, "cela crève les yeux" avait-elle dit une fois quand je lui avais parlé d'Alexie et de notre journée passée ensemble.

- On est là avec ton père, si tu veux parler. C'est par cette phrase qu'elle coupait le silence qui trônait dans ma chambre.

Je regardais ma mère, puis mon père qui lui ne me quittait pas avec ses yeux humides, triste de me voir dans cet état. Je sentis une douleur monter dans ma gorge et j'éclatais en sanglots, ma mère se rapprocha de moi pour me prendre dans ses bras.

- Elle est morte maman et tout cela est ma faute, me confiais-je entre mes larmes.

Ma mère me caressait les cheveux avec les doigts d'une main, elle avait toujours ce petit geste quand j'avais du chagrin, comme à mes sept ans à ma première chute à vélo, je me souviens de cette mésaventure comme si c'était hier. On était partis en balade en famille, j'étais tout fier d'avoir enlevé mes petites roues et de montrer à mes parents que j'étais devenu un grand garçon. Avec mon manque d'attention je tombais de mon vélo et m'écorchais le genou, ma mère était tout de suite descendue du sien pour venir me réconforter et me relever du bord de la route.

- Je sais que c'est dur, on est désolés de ne pas avoir été là avec ton père pour cette épreuve, mais maintenant nous sommes là pour toi, m'annonçait ma mère en se décalant de moi pour me faire face.

Mes parents qui sont de grands aventuriers ont passé deux semaines à parcourir le Japon, ils ont dû réduire de quelques jours leur séjour suite à l'annonce que je leur avais faite par téléphone, le lendemain du décès d'Alexie. Je me souviens encore de cet appel, ma mère, au milieu des rues de Tokyo, entendait à peine ma voix qui était en plus de cela brisée par la fatigue et par le chagrin qui m'envahissait, mais quand j'ai pu enfin lui faire passer le message, elle avait essayé tant bien que mal de me réconforter. Sans arriver à lui répondre je me relogeai dans ses bras avant que des larmes ne coulent à nouveau sur mes joues. J'ai le cœur en sang, comme si quelqu'un l'avait transpercé sans aucune pitié et enlevé la partie qui appartenait à Alexie. Elle avait eu tort sur une chose, une fille comme elle peut marquer une vie, et réduire à néant une belle histoire.

Mes parents me laissèrent me reposer un peu pour rattraper mes heures de sommeil perdues, mais malheureusement ce soir-là sera une nuit de plus à ajouter à mes nuits blanches.

Après quelques jours à broyer du noir dans ma chambre, ma mère m'a poussé à retourner au lycée, c'est vrai qu'avec l'examen de fin d'année qui se trouvait dans deux semaines je ne devais plus me lamenter et Alexie ne l'accepterait pas.

Assis sur le bord de mon lit mon sac de cours à mes côtés je me préparais mentalement pour ma journée.

-Tu es prêt ?

Je levais ma tête, ma mère m'attendait dans l'encadrement de ma porte.

- Absolument pas.

Devant mon casier, je pris mes cours de la journée tout en admirant la photo d'Alexie qui était collée sur la porte, avec en dessous un petit mot qu'elle m'avait écrit avant un exposé pour lequel j'avais stressé pendant des jours et des jours. Deux de mes amis se trouvaient dans le couloir non loin de moi, ils étaient venus à son enterrement, ce qui m'avait surpris car ils lui avaient à peine parlé quand elle était encore au lycée, Alexie se faisait discrète quand on déjeunait tous ensemble, mais elle les appréciait.

- On s'inquiétait pour toi frère, tu n'as répondu à aucun de nos messages, commençait Josh.

Josh était du genre cool, skateur dans l'âme il ne voyait que par cela et en oubliait parfois même sa copine. Combien de fois elle l'avait attendu alors que lui rôdait encore dans le skatepark de la ville. Adam, celui qui l'accompagnait, lui était plutôt du genre discret, trop timide pour aborder une jolie fille mais toujours le premier à t'aider pour tes devoirs et pour faire les plus grosses bourdes.

- Oui, excuse-moi je n'ai pas trop touché à mon téléphone depuis que... Je ne terminais même pas ma phrase que Josh compris de quoi je voulais parler.

- Tu sais, on est désolé pour toi et si tu as besoin de te changer les idées tu sais qu'on est là.

- Merci les gars.

- Et puis il y a l'examen dans quelques jours et je suis sûr que tu ne veux pas repêcher ta terminale, me dit-il par plaisanterie pour détendre l'atmosphère.

Je souriais, il avait raison, je ne me voyais pas passer une année de plus dans ce lycée.

- On se retrouve au cours de maths, me dit-il avant de partir en me faisant une petite tape dans le dos au passage.

Je refermais mon casier et avançais vers la salle de mon premier cours. En traversant la rangée de tables je sentais les regards de mes camarades sur moi, je m'installai au fond de la classe et sorti un de mes cahiers ainsi qu'un stylo pour faire en sorte de m'intéresser au cours d'aujourd'hui. Deux heures s'écoulèrent et les seules choses que j'ai su faire étaient de penser à elle et de griffonner sur mon cahier. À la pause-déjeuner je me retrouvais dans la cafétéria, mon plateau de repas entre mes mains, les regards étaient encore tournés vers moi, ça chuchotait entre eux, on aurait dit de moi une bête de foire. Je me sentais observé, asphyxié par ce qu'il pouvait dire sur moi *"C'était le copain de la fille qui s'est suicidée"* ou encore *"Tu crois qu'il était au courant qu'elle était suicidaire ?"*. Je n'étais plus AdilAdil le mec super-connu du lycée, coursé par toutes les filles et admiré par les premières années, j'étais devenu le copain de la fille qui s'était suicidé. L'annonce du décès d'Alexie s'était répandue dans tout le lycée comme une traînée de poudre, personne ne s'était aperçu de son arrivée mais tout le monde avait appris son départ.

Je laissais mon plateau sur la table et pris mon sac pour rentrer chez moi, je ne pouvais pas subir une minute de plus tous ces gens qui me dévisageaient.

- Adil ? C'est toi ? Cria ma mère quand elle entendit la porte d'entrée claquer.

Je m'approchai de la cuisine où ma mère passait ses journées. La cuisine était une passion pour elle, étant sans travail elle passait son temps soit dans cette pièce soit à être bénévole dans des associations pour aider les sans-abris de la ville. Mon père étant chef d'entreprise, on pouvait se permettre de vivre uniquement avec son salaire.

- Oui, maman, annonçais-je en la regardant.
- Tu n'as pas cours cette après-midi ?

Je lâchai mon sac au sol et m'approchai d'elle, encore

mal en repensant aux regards des autres lycéens posés sur moi toute la matinée.

- C'est trop dur, tout le monde au bahut me regarde comme un mec désespéré, je ne supporte pas d'être là-bas et encore moins d'être sans elle, dis-je les larmes aux yeux.

Elle me serra fort contre elle sans dire un seul mot, s'écarta de moi et prit la cuillère qui était dans le plat en train de cuire pour me la tendre.

- C'est trop bon, annonçais-je en dégustant ce qui se trouvait dans la cuillère.

Elle me caressa la joue avec son sourire et me reprit le couvert des mains pour me laisser aller dans ma chambre.

Enfoui dans l'obscurité de ma chambre, je la regardais sur l'écran de mon téléphone, qu'elle était belle, mon Dieu, je ne cesserai jamais d'aimer sa beauté... Ses yeux bleus attristés mais pétillants à la fois, son sourire à en faire renverser la planète, ses cheveux qui lui tombaient toujours sur le visage, j'avais à chaque fois ce geste de les remettre à leur place afin de continuer à l'admirer pendant qu'elle étudiait ou lisait ses livres à l'eau de rose. Je déposais le téléphone sur mon torse nu et repensais à tellement de souvenirs tout en regardant le plafond blanc de ma chambre. Ma mère entra sans frapper, accompagnée d'un plateau avec dessus une assiette du plat qu'elle

venait de me faire goûter, elle s'asseya sur le bord de mon lit et posa le plateau sur ses cuisses.
- J'imagine que tu n'as pas mangé au lycée ?
Elle eut sa réponse à mon silence.
- Écoute, je ne veux pas que tu arrêtes de vivre.
- Le problème c'est que j'ai du mal à reprendre goût à la vie, maman.
Après une minute de réflexion ma mère reprit la parole :
- On fait un truc, si tu révises tous les jours à la maison pour ton examen, je te laisserais sécher les cours pendant les deux semaines qui arrivent, d'accord ?
Je la regardais surpris par le marché qu'elle venait de me proposer, je me redressais pour me mettre à son niveau prêt à la faire répéter pour être sûr d'avoir bien compris.
- Tu es sérieuse ? demandais-je.
- Tout ce que je veux c'est que tu ailles mieux et que tu réussisses.
Je la pris dans mes bras en signe de remerciement, elle se décolla de moi et me déposa le plateau sur les jambes.
- Maintenant tu manges et si tu ne finis pas ton assiette je te ferais manger moi-même, c'est bien compris ? me dit-elle avec un côté ironique en se levant de mon lit et en se dirigeant vers la porte.
- Compris maman, dis-je en sortant un sourire
- T'es bien plus beau quand tu souris mon fils, dit-elle en me regardant avant de refermer la porte.

Je terminai mon plat de lasagnes, déposai le plateau par terre et m'enfonçai dans mon lit avant de m'endormir, pour la première fois depuis plusieurs jours.

2.

Je la voyais partout, dans mes rêves, sur les murs de ma chambre, je la confondais parfois avec d'autres filles de dos, elle n'était plus de ce monde depuis quelques semaines maintenant et pourtant sa présence était toujours en moi. Je me déchirais à imaginer notre avenir, celui qu'on avait planifié ensemble et qui ne verrait jamais le jour. Je me réveillai en me frottant les yeux et en tournant mon visage vers la lumière du soleil qui rentrait par ma fenêtre. Comme promis, je n'allais plus en cours et révisais mes cours chez moi, je me levai de mon lit et descendis pour prendre mon petit déjeuner. Arrivé en bas je m'installai, ma mère me fit un bisou sur le front pour me saluer et je mangeai tout ce qu'elle m'avait préparé sur la table. La musique de ma mère résonnait dans la cuisine, en mélangeant cela au beau temps et à la chaleur du soleil, tout annonçait le début d'une bonne journée, mais mes pensées étaient, elles, toujours hantées par Alexie.
Après avoir avalé la moitié de mon petit déjeuner je re-

montais au premier étage, sous la douche l'eau coulait sur mon corps, la tête penchée vers le sol, ce matin il n'y avait rien à faire, elle me hantait encore et encore. Je sortis de la salle de bain et m'habillai pour commencer mes révisions pour mon examen, j'avais accroché sur un de mes murs un calendrier avec les dates de mes jours d'examens entourés en rouge, chaque jour sera un décompte. Cela faisait deux heures, musique dans les oreilles à lire et relire chacune de mes matières et rien, rien ne voulait rester dans ma tête, j'écrivais des pense-bêtes, reformulais certaines phrases à ma manière pour mieux retenir mais ma tête était ailleurs. Je fis des boulettes des feuilles sur lesquelles j'avais écrit et les jetai dans la poubelle qui se trouvait à quelques centimètres de moi, je coupai ma musique et enlevai mes écouteurs, j'enfilais ma veste en cuir noir et allai faire un tour dehors. Je pris une grande inspiration en sortant de chez moi, sortis mon téléphone d'une de mes poches et recherchai un numéro dans le répertoire.

- Allô ? Commençais-je.

- Oui, ça va Adil ? Tu as une voix bizarre... demandait la voix au téléphone.

- Est-ce qu'on peut se rejoindre ? dis-je en esquivant sa question.

- Viens à la maison, une partie de console te changera les idées.

Je raccrochai et continuai mon chemin en rangeant mon téléphone dans une des me poches de derrière. Je m'avançai jusqu'à la porte et frappai, Maximilien m'ouvrit, apprêté d'un sweat gris et d'un jean bleu, il me tapa dans la main et me fit rentrer. Sans un bruit nous allâmes nous installer dans sa chambre sur son lit et il me passa une manette avant que l'on ne commence une partie de foot sur sa console.
- Comment tu te sens depuis que l'on s'est vus ? commençait Max'.
- Vide, je n'arrive à rien depuis qu'elle est partie... dis-je en essayant de me concentrer sur la partie.
- C'est dur pour tout le monde, ma mère s'en veut, elle pense encore que cela est de sa faute, tous les soirs elle me répète que si elle avait été moins absente, si elle avait plus parlé avec elle, elle serait encore là aujourd'hui...
- Non, c'est de ma faute je lui ai dit des choses qui l'ont poussé à bout, je lui ai dit des horreurs parce que je n'ai pas su être assez courageux pour l'aider, pour l'empêcher de penser à la mort. Pendant des jours j'ai tout fait pour voir son sourire, pour la rendre heureuse et surtout pour qu'elle arrête de se faire du mal, mais un soir j'ai craqué, je l'ai vue se refaire du mal, je l'ai vue avec ses poignets pleins de sang et comme un con je lui en ai voulu et je l'ai rejetée, alors que c'était à ce moment-là qu'elle avait le plus besoin de moi et elle...

Et je craquai une nouvelle fois et mettai un terme au match de foot qui était diffusé à la télévision, je n'arrivais pas à sortir ce mot de ma bouche, je n'acceptais définitivement pas qu'elle soit partie aussi loin de moi.
- Ecoute-moi, ce n'est la faute de personne, ni de ma mère, ni de toi, ni de qui que ce soit, moi je ne te remercie d'avoir été là pour elle, tu as su rendre ma petite sœur heureuse et c'était le plus beau cadeau que tu pouvais me faire, me dit-il en lâchant à son tour sa manette de jeux. On a tous les deux perdu la fille qu'on aimait le plus au monde.
Non ce n'est pas vrai, pensais-je dans ma tête, ne me trouvez plus d'excuses, s'il vous plaît. Elle est partie parce que je n'ai pas su être là pour elle comme je lui avais promis.

Vingt-deux heures je rentrais chez moi, j'avais passé mon après-midi et ma soirée avec Max' à nous remémorer nos souvenirs avec elle, les plus tristes comme ceux qui nous procurent encore du bonheur rien qu'en y repensant. Mon père m'attendait dans le salon, bouquin dans les mains assis dans son fauteuil, lumière tamisée.
- Tu ne dors pas ? commençai-je.
Il referma le livre et leva la tête vers moi.
-Non, je n'y arrivais pas.
J'hochais la tête et m'en allais vers les escaliers.

- Attends ! Viens t'asseoir, dit-il en montrant le fauteuil face au sien.

Je fronçai les sourcils en me demandant pourquoi et m'exécutai en m'asseyant sur le fauteuil.

Mon père, un grand homme aux cheveux brun, est quelqu'un de très discret, sur ce point-là il est tout le contraire de ma mère qui elle adore rencontrer de nouvelles personnes et vivre nouvelles choses, lui mon père aimait s'asseoir dans son fauteuil et dévorer un nouveau livre quand il n'était pas à son travail, à diriger tous ses employés. Après un long moment à me regarder, il enlevait ses lunettes de vue et prit la parole.

- Je sais que c'est dur pour toi, mais je veux que tu saches que tu peux me parler, rester dans ton silence ne fera qu'empirer les choses, le temps guérit certes mais lâcher ce qu'on a sur le cœur aussi.

Il fit une pause.

- Tu sais avant de rencontrer ta mère moi aussi j'ai eu mon premier amour, j'en étais fou, et un jour je n'ai plus eu de nouvelles… Je suis resté quelques jours enfermé dans ma chambre, j'habitais encore chez tes grands-parents, et j'ai appris au bout d'un mois sans aucun signe de vie de sa part qu'elle avait quitté la ville avec mon meilleur ami. Je pensais ne jamais m'en remettre, mais j'ai connu ta mère, mes amis ne me lâchaient pas, je sortais, même un peu trop au goût de tes grands-parents…

finit mon père.

C'était la première fois que j'entendais parler de cette histoire et que mon père se confiait à moi comme cela, je n'avais jamais entendu dire qu'il avait connu une autre femme que ma mère.

- Tout ça pour te dire que, le premier amour est rarement l'amour avec lequel tu finis ta vie. Tu connaîtras une autre femme, sûrement même plein d'autres, tout ce qui importe c'est que tu trouves celle qui te fera sortir le meilleur de toi, c'est comme ça que j'ai su que ta mère était la bonne et pas celle d'avant qui m'avait brisé le coeur.

- Papa, elle se scarifiait, elle ne m'avait rien demandé c'était comme inné en moi, je ne pouvais pas la laisser dans cet état. Elle méritait tellement mieux que de mourir petit à petit.

Je sentais ma gorge se nouer mais je tenais à me confier à mon tour.

- Je me rappelle encore ce jour où elle m'avait rejeté, mais j'avais insisté car je sentais dans son regard comme un appel au secours, au début je voulais juste la voir sourire rien qu'une seule fois et puis après je ne me suis plus lassé de la regarder et...

Mes larmes montèrent et mon père souriait.

- Et tu es tombé amoureux, continua-t-il en sachant très bien ce que je voulais dire.

- Pour la première fois, finis-je en me penchant les avant-bras sur mes cuisses et en regardant le sol. Elle était tout mon univers, et maintenant qu'elle n'est plus là, je ne sais plus à quoi m'accrocher.

Je séchai avec la paume de ma main les larmes qui s'étaient évadées de mes yeux et me relevai du fauteuil pour aller me coucher.

- Je vais aller dormir, je dois être en forme pour demain j'ai encore plein de révisions à faire.

-Bonne nuit, Adil.

Je me dirigeai vers les escaliers une nouvelle fois et à la montée de la première marche je me tournai vers mon père.

- Et papa ?
- Mmmmh ? dit-il la tête plongée dans son livre
-Merci, dis-je avec un léger sourire.

Je montais les quelques marches qui restaient et même si j'étais dos à lui je pouvais sentir qu'il souriait aussi. Je m'allongeai dans mon lit et m'endormis apaisé, mon père avait dit vrai, parler de sa douleur peut nous libérer, parfois.

3.

J'ouvris les yeux petit à petit et sentis une présence près de moi, je tournai mon regard vers mon torse où une jeune femme à la chevelure brune y avait la tête posée. Mon sang ne fit qu'un tour quand je compris qui était cette jeune femme. Alexie. Alexie, était dans mon lit, dans mes bras. Je ne comprenais pas, elle était là, vraiment, je pouvais sentir son odeur, caresser ses cheveux... Elle se réveilla en faisant un petit gémissement comme elle avait l'habitude de faire et en s'étirant les bras avant de soulever sa tête de mon torse pour me regarder avec son sourire avant qu'elle atteigne mes lèvres avec les siennes :
- Bonjour, mon amour, dit-elle.
Et elle se replaça près de moi en me serrant fort contre elle. Je ne pouvais pas rêver d'un meilleur réveil, je profitai de ce moment qui ne dura que quelques secondes. Elle se détacha de moi pour regarder quelque chose dans son sac à main qui se trouvait au sol et je me tournais de mon côté pour regarder si j'avais reçu des messages sur

mon téléphone qui était posé sur ma table de nuit.
- Tu sais que... commençai-je en reposant mon téléphone et en me retournant vers Alexie.
Elle n'était plus là, mon lit était devenu vide.
- Alexie ? appelai-je, inquiet, en regardant dans toute la chambre.
Je me réveillai en sursaut, tout cela n'était qu'un cauchemar. Je m'asseyais dans mon lit en sueur en essayant de me remettre de ce moment. Je me levai encore déboussolé par cet affreux rêve et descendis les escaliers rejoindre ma mère dans la cuisine, mais elle en était absente ce qui m'intriguât, je remontai à l'étage et l'appelai.
- Oui mon chéri, je suis dans la chambre, criait-elle, ce qui résonnait dans le couloir.
Je m'approchai pour l'avoir en face de moi et rentrai dans la chambre, elle était en train de se préparer en mettant son rouge à lèvres avant de se parfumer d'un flacon que je lui avais offert pour la fête des mères. C'était Alexie qui m'avait conseillé ce parfum et j'avais conclu qu'elle avait fait le bon choix vu la réaction de ma mère quand elle avait ouvert son cadeau.
- Tu sors ? demandais-je.
- Oui je dois aller faire les courses, nous avons des invités ce soir, tu veux m'accompagner ? demanda-t-elle en mettant quelques babioles dans son sac à main noir.
- Si tu veux.

- Ça va Adil ? Tu es tout pâle, dit-elle d'un air inquiet et en s'approchant pour me toucher le front, sûrement pour vérifier si j'avais de la fièvre.
- Ne t'inquiètes pas, j'ai juste mal dormi, répondis-je pour la rassurer avant de me retourner et d'aller dans ma chambre.
- Adil ?

Je fis demi-tour et lui refis face en me remettant dans l'encadrement de la porte.
- Oui maman ?
- Je t'aime.
- Je t'aime aussi, dis-je touché par ses paroles.

Après m'être préparé d'un simple t-shirt bordeaux, d'un jean noir et d'une casquette pour dissimuler comme je pouvais mon teint pâle, je sortis de ma chambre en refermant la porte derrière moi. Je rejoignais ma mère qui était déjà installée dans la voiture. Pendant le trajet je branchai mon téléphone à l'autoradio pour pouvoir mettre ma musique, à la première note de l'une d'entre elles ma mère dansait déjà au volant de la voiture et chantait comme une adolescente.
- Allez, chante avec moi Adil, elle est géniale cette musique, dit-elle entre deux paroles de la chanson.

Je m'esclaffai et la suivis, on était tous les deux à danser, chanter, rire sur plusieurs de mes musiques avant d'arriver sur le parking du magasin. On entra à l'intérieur, ma mère poussait le caddie devant elle et m'interpella alors que je commençai à regarder les aliments autour de moi.

- Dis-moi, ce ne sont pas tes amis là-bas ? me demanda-t-elle.

Je me retournai, et oui il y avait Josh et Adam ainsi que d'autres garçons avec qui ils trainaient souvent, à une caisse en train de rire, ils devaient sûrement acheter des choses pour une soirée.

- Oui ce sont eux, acquiesçai-je en avançant.
- Tu ne vas pas leur dire bonjour ? demanda-t-elle en me suivant.
- Non, je les verrai plus tard, dis-je en continuant de regarder autour de moi.

Ma mère traversait tous les rayons et remplissait son caddie petit à petit, elle me demandait parfois mon avis pour des recettes qui lui venaient en tête. Ma mère aurait dû être cuisinière, c'est un véritable cordon bleu, elle pouvait vous faire manger l'aliment que vous détestiez le plus au monde et vous le faire adorer. Arrivés à la caisse je l'aidais à sortir les courses pour que l'hôtesse de caisse puisse les faire passer. En continuant d'enlever les courses je tombai sur un sachet de bonbons, c'était les préférés d'Alexie. Je me souvins que j'agaçais ma mère pour en acheter, comme ça je les emmenais à Alexie par la suite quand je la rejoignais à notre endroit, cela lui faisait tellement plaisir que je lui en ramenais toutes les semaines, son sourire incarnait ma plus belle récompense.

- Adil ? Adil ? répétait ma mère.

Je m'étais retrouvé à sourire en regardant le sachet de bonbons entre mes mains et ma mère me sortit de mes pensées, elle me regardait bizarrement ainsi que la caissière.

- Pardon, bégayais-je avant de continuer de sortir les affaires du caddie.

Remonté dans ma chambre je me sentais prêt à me remettre à mes révisions, je m'installai à mon bureau et mis mes écouteurs aux oreilles avant d'actionner les musiques de mon téléphone. Biologie, mathématiques, histoire, tout y était passé et je n'en retenu que la moitié.

Assommé par toutes ces phrases que je venais d'ingurgiter, je me rallongeai sur mon lit et plongeai mon regard vers le plafond. Sans musique dans mes oreilles mes pensées n'étaient que pour elle et la douleur de son absence.

Alexie, mon amour, Dieu aurait dû te rendre immortelle car ta disparition a fait des ravages irréparables, je sais que c'est trop tôt mais je n'arrive pas à m'imaginer avec quelqu'un d'autre, à me battre autant pour une autre personne, être attentionné et aussi souriant comme je l'étais avec toi. Comment vais-je avancer en pensant que tout est ma faute, en ayant l'impression d'être ton meurtrier ?

À l'heure du diner, le couple d'invités et mes parents discutaient autour de la table de la salle à manger, je les écoutais le regard baissé sur mon assiette, en tournoyant ma fourchette dans mon repas. Ma mère, installée à côté de moi, se pencha vers mon oreille.

- Tu peux monter dans ta chambre, on ne va pas te faire subir nos conversations de vieux, me chuchotait-elle.

Je la remerciai avec un sourire et me dirigeai vers les escaliers après avoir averti les invités que je quittais la table et en leur souhaitant une bonne fin de soirée. En montant les marches, j'entendis que l'on parlait de moi, je m'arrêtai et écoutai la conversation.

- Alors tout va bien pour Adil ? Le lycée ? Je suis sûre qu'il doit faire des ravages auprès des filles, dit la femme.

Plus rien, un blanc s'installa pendant quelques secondes avant que ma mère prenne la parole.

- Tout se passe bien au lycée, il travaille dur en ce moment pour son examen.

Ma mère était toujours la meilleure pour éviter les situations gênantes. Je continuai mon chemin jusqu'à ma chambre, m'allongeai sur le lit, pris mon téléphone entre les mains et fis défiler les photos qui étaient à l'intérieur. Je tombai sur notre première photo, je l'avais prise un soir quand on s'était rejoints sur le toit, elle ne voulait pas que je la prenne en photo sans maquillage alors elle s'était mise derrière moi et avait caché la moitié de son visage derrière le mien, le peu de son sourire que l'on pouvait voir illuminait toute la photo. Et même si depuis celle-ci on en avait pris des milliers, elle restait de loin ma préférée.

Quelques jours plus tard, je me retrouvais encore assis à mon bureau entouré de mes classeurs de cours et de pense-bêtes collés un peu partout. C'était mon dernier jour de révision, encore une fois je m'y étais mis à fond, avec encore et toujours ma musique. Mon calendrier était envahi de feutre rouge, j'avais pris soin de barrer chaque soir la journée écoulée. Et plus les jours passaient et moins j'y croyais.

4.

Le grand jour était arrivé, assis à une table, entouré par tous mes camarades de classe que je n'avais pas vus depuis plusieurs jours, le stress était en moi. Je devais le réussir, pour elle et ensuite pour moi, car je savais que de là-haut elle angoissait autant que moi, j'y croyais elle était toujours là avec moi.

Adam me fit un signe de la main, il était assis plus loin devant moi, je répondis à son geste et jouai avec mon stylo noir en regardant autour de moi pour voir tous les élèves qui se trouvaient dans la salle. Il y avait ceux qui stressaient limite au bord de l'évanouissement et ceux qui se charriaient pour savoir qui aurait la pire et la meilleure moyenne au final. Deux surveillants entrèrent dans la salle, la première personne était une femme tenant le paquet de feuilles de la première épreuve de la journée, la deuxième personne était un homme et il implora le silence en refermant la porte derrière lui. La première personne nous expliqua toutes les règles à suivre et commença à distribuer les feuilles élève par élève. À l'annonce du départ on retournait tous nos feuilles et je plongeai mes yeux dessus. Je n'arrivai pas à me concentrer et à lire la première question normalement, je fermai les yeux et soufflai un bon coup : promis Alexie je l'aurai.

À la fin des deux heures de la première épreuve je sortis pour prendre l'air et relâcher un peu mes esprits, les autres sortaient aussi petit à petit de l'établissement, tous à discuter de leurs ressentis, certains avec leurs cigarettes à la main pour décompresser, et moi je repensais à cette phrase d'encouragement que ma mère avait écrit sur un petit mot ce matin avant de m'en aller *"Tu vas tout déchirer mon fils."*. Elle l'avait déposé sur la table de la cuisine, à côté de mon petit déjeuner, avec un sandwich pour mon déjeuner qu'elle m'avait préparé la veille afin que je sois en forme pour la journée.

Adossé à un grillage non loin de l'entrée de l'établissement je continuais de regarder autour de moi et je remarquai que Josh s'approchait de moi main dans la main avec sa copine.

- Alors tu penses que tu as réussi ? commença-t-il.

- Je pense oui, j'avais retenu quelques notes de ce sujet et vous ? demandais-je à mon tour pour ne pas faire l'insociable.

- Je ne sais pas trop, m'annonça Josh en mettant sa main libre dans sa poche avant.

- Mais si ne t'en fais pas, je suis sûre que tu as géré ! dit sa petite amie en levant la tête pour le regarder.
C'est vrai que Josh était un mec assez grand, elle devait parfois se mettre sur la pointe des pieds pour l'embrasser ou le prendre dans ses bras. Il lui déposa un baiser sur le front et se retourna vers moi un peu gêné.
- Je suis désolé, on est là à t'exposer notre couple.
- Ah mais ne t'en fais, tout va bien, mentais-je.
Il y a quelques semaines encore Alexie et moi étions exactement comme ça, main dans la main, à se sourire, se chamailler, et montrer à tout le monde notre amour, alors oui ça me faisait mal, j'étais jaloux même car je ne pourrai plus jamais faire cela.
- Dis Adil, on va tous manger ensemble au skate parc, tu veux venir ?
-Non, je ne suis pas de très bonne compagnie, mais merci Josh.
- Allez viens ! insista sa copine.
- Cela te fera du bien, repris Josh.
Je pris mon sac par terre et les suivirent pour rejoindre le groupe que je n'avais pas vu depuis quelque temps, certains d'entre eux me saluèrent de loin avant d'avancer vers le parc qui se trouvait à quelques pas d'ici.
Installé dans l'herbe accompagné de quelques élèves avec qui j'avais passé toutes mes années lycée, nous partagions nos repas encerclés autour de paquets de chips,

de bières et de boîtes de bonbons. Tous rigolaient, parlaient des moments où l'on a pu rendre nos professeurs dingues, comme le jour où Josh s'était amusé à répéter tout ce que notre professeur d'histoire disait, ce qui avait fini par le faire partir de la classe et nous laisser seuls pendant le reste de l'heure. Et moi j'écoutais, par moments je parlais avec eux entre deux bouchés de mon sandwich.
- Annonce générale ! s'exclama d'un coup Josh. Le soir des résultats j'organiserai une soirée pour fêter notre délivrance et tous ceux qui l'auront seront invités, continua-t-il en levant sa canette de bière.
Et tous crièrent de joie à la gloire de cette soirée en levant à leur tour leurs canettes ou leurs bouteilles de soda. Et pendant qu'ils reprenaient tous leurs esprits pour la prochaine épreuve, Josh me lança un regard.
- Toi aussi Adil.
J'acquiesçai tout en finissant mon sandwich. Encore assis en cercle, tout le monde continuait à discuter.
- Adil ?
Je me retournai et vis Alicia debout derrière moi, avec une bouteille d'eau à la main.
- Comment tu vas ? Ça fait des jours que je ne t'avais pas vu ! dit-elle en s'asseyant jambes croisées à côté de moi, enfin je dirais même collée à moi.
- Oui je préférais réviser chez moi, dans le calme.

Alicia me souriait de toutes ces dents blanches, avec sa longue queue de cheval blonde, son corps mince qu'elle aimait mettre en avant en s'habillant souvent de crop top, et son visage peu maquillée, elle était la fille que tous les mecs du lycée désiraient avoir comme copine et que toutes les filles jalousaient.

- Dis, maintenant que tu es célibataire, on pourrait se voir un soir ?
- ALICIA ! cria une voix féminine.

Un calme s'installa dans le groupe, plus personne n'osait sortir un mot et moi je restai bloqué par ses paroles. Elle m'avait demandé ça avec son plus beau sourire et son regard qu'elle avait l'habitude de lancer pour que les garçons craquent et acceptent ses invitations. Jamais je n'aurais pensé qu'elle aurait eu cette audace de me le proposer, encore moins en faisant passer Alexie pour une inconnue.

- Quoi ? continua-t-elle en regardant la personne comme si elle n'avait fait aucune attention à ses paroles.

Je serrais les poings et contractais ma mâchoire, et afin de ne pas faire de bêtise je repris mes esprits et attrapai mes affaires pour partir loin du groupe.

- Attends Adil ! cria Josh.

Je ne fis pas attention et continuai sur ma lancée tout en mettant mes écouteurs et ma musique à fond pour essayer d'oublier ce que je venais d'entendre. Comme si je pouvais remplacer Alexie en si peu de temps ou que la première fille venue pouvait me faire oublier notre histoire.

Assis pour la seconde partie de l'examen, j'attendais le sujet de l'épreuve le stylo écrasé entre mes lèvres, mes jambes tremblaient au souvenir de cette phrase d'Alicia qui trottait dans un coin de ma tête. Le paquet de feuilles posé sur la table, je pris mon stylo, une grande inspiration, essayai de me remettre en tête tous les pense-bêtes que j'avais pu écrire et réécrire dans ma chambre et ne pensai à rien d'autre qu'à mon examen. Je gribouillais sur ma feuille de brouillon, relisais chacune des questions, levais mes yeux de temps en temps sur l'horloge accrochée au mur en face de moi. Une heure et demie après je pu enfin sortir de la salle, je rendis mon épreuve aux surveillants, j'étais le premier prêt. Josh me regarda de sa place en me lançant un regard pour me demander si j'avais réussi, je me contentai de hausser les épaules et sortis.
Je rentrai chez moi épuisé de cette lourde journée, j'enlevai ma veste, la lançai sur le fauteuil et déposai mon sac à dos à côté de la porte d'entrée tout en repensant encore à ce que m'avait dit Alicia plus tôt dans l'après-midi. Je m'affalai sur le canapé et attrapai la télécommande pour allumer la télé et zapper les chaines les unes après les

autres.

- Alors mon chéri ? dit ma mère en débarquant dans le salon.
- Quoi ? demandais-je un bras sous la tête.
- Bah je ne sais pas, tu n'aurais pas passé des épreuves aujourd'hui par hasard... annonça-t-elle d'un ton ironique.
- Ah si, je pense que ça a été, bougonnais-je sans même déporter mon regard vers elle.
- Très bien, apparemment tu n'es pas vraiment d'humeur à échanger avec moi.

Elle se redirigea vers la cuisine. J'éteignis la télé et montai dans ma chambre avec ma mauvaise humeur, je claquai la porte de ma chambre et jetai mon sac à dos à l'autre bout de la pièce. Les larmes aux yeux et la colère en moi me firent craquer ce soir-là. Alexie me manquait. J'aurais voulu la voir dans cette salle, la voir stresser autant que moi, me sourire pour me redonner confiance, parler avec elle des épreuves passées sur le chemin du retour main dans la main... J'aurais juste voulu qu'elle soit physiquement avec moi et pas seulement dans ma tête.

Pour ma deuxième et dernière journée d'examen je me retrouvai à la même place que la veille cette fois sans regarder les personnes qui m'entouraient. À mon grand étonnement un sandwich et une part de gâteau m'attendaient ce matin sur la table de la cuisine, ma mère voulait me faire plaisir malgré ma mauvaise humeur de la veille. Je passai mon heure de déjeuner seul dans un coin du parc à éviter les appels téléphoniques de Josh et Adam qui voulaient sûrement que je les rejoigne. Je ne ferai pas cette erreur une seconde fois, pensais-je.

Je m'asseyai pour la dernière fois à cette table qui m'était attribuée.

- Adil, pourquoi tu ne répondais pas au téléphone ?
Adam arriva en trombe vers moi.

- Très bien asseyez-vous tous, nous allons distribuer les sujets.

Les surveillants entrèrent en dernier avant de fermer la porte derrière eux, je n'eus pas le temps de répondre à Adam et il s'assis à sa place non loin de moi en me regardant droit dans les yeux. Je changeais de champ de vision par la feuille qui venait d'être mise sur ma table. Je regardai par la fenêtre de la classe, le soleil commençait à se faire remplacer par des nuages, je pris mon stylo et me concentrai pour la dernière fois. À la dernière ligne de ma dissertation je me levai, sortis de la salle après avoir donné mes feuilles à un des surveillants. Je n'avais plus qu'à croiser les doigts pour ne pas retourner dans ce foutu lycée à la rentrée.

5.

Vêtu de la veste en cuir qu'Alexie m'avait offerte, je m'approchai de la maison de sa famille. Arrivé sur le seuil je frappai et c'est sa maman Cailin qui m'ouvrit. Elle avait tellement changé, son visage était si fatigué et son corps si amaigri, Maximilien m'avait prévenu que sa mère ne s'en remettait pas elle non plus, qu'elle s'en voulait autant que moi, qu'elle ne voulait plus travailler et qu'elle passait son temps dans la chambre d'Alexie.
- Comment vas-tu ? commença Cailin en me faisant la bise.
- Comme vous, je pense.
Elle se décala de la porte pour que je puisse rentrer et la refermai derrière moi. Installés à table, Cailin me donna un soda et en avalant une gorgée je repensai à la première fois où je me suis assis ici, Alexie m'avait appelé un soir, désespérée, Cailin l'avait encore laissée en plan pour son travail. Dès ce soir-là, j'ai su qu'elle jouerait un rôle important dans ma vie. Cailin s'assis à mes côtés ce qui me fit sortir de mes pensées, elle tenait une tasse de thé qui fumait encore dans ses mains.

- Comment cela se passe au lycée ?
- Les cours sont terminés, madame.
- Ah oui, excuses-moi j'ai complètement perdu la notion du temps...

Et cela se voyait qu'elle avait la tête ailleurs, son ordinateur portable n'avait pas dû être utilisé depuis un certain moment au vu de la tonne de poussière posée dessus, et des pochettes remplies de papiers s'empilaient sur son bureau. Son téléphone sur la table n'arrêtait pas de sonner. En y jetant un œil comme si de rien n'était j'aperçu que c'était son patron qui la harcelait.

- Et ton diplôme alors ? me demanda-t-elle en cachant l'écran de son téléphone sur lequel elle avait remarqué que je louchais.
- Je pense que ça s'est bien passé.
- Tant mieux, je te souhaite de réussir.
- Merci beaucoup.
- Je sais que je ne t'ai pas très bien accueilli au début, mais j'avais peur que tu profites d'elle et que tu lui fasses du mal.
- Je...
- Ne t'en fais pas, me coupa-t-elle. J'ai bien compris que tu n'étais pas ce genre de garçon, et je tenais à m'excuser.
- Je ne vous en veux pas.
- Tout aurait pu être différent si je t'avais accepté dès le début, dit-elle avant de fondre en larmes.

Elle tira sur une des manches de son gilet et posa sa main sur ses joues pour sécher les larmes qui ruisselaient, Alexie faisait exactement la même chose quand elle pleurait devant moi. Elles avaient tellement en commun sans qu'aucune d'entre elles ne le sache.

- Ce n'est pas votre faute, dis-je

Comment réconforter une personne qui est dans le même mal que vous ? Elle renifla avant de prendre sa tasse et d'avaler une gorgé de son thé.

- Il faut que je te montre quelque chose, dit elle en se levant de sa chaise en bois.

Je la suivis quelques microsecondes du regard avant de me lever à mon tour. Je me rendis compte au bout de quelques pas que Cailin se dirigeait vers la chambre d'Alexie. Arrivé à l'intérieur de la pièce, je pu m'apercevoir que rien n'avait changé, ses livres étaient encore là et son lit proprement fait.

- Je n'ose pas toucher à ses affaires, c'est en même temps une magnifique chambre qu'elle a voulu décorer à sa façon et un horrible endroit quand je pense à tout le mal qu'elle pouvait s'y faire.

Cailin s'arrêta de parler quelques secondes, et elle pencha son regard vers le tapis qui était au pied du lit d'Alexie. C'est ici qu'elle avait retrouvé sa fille inconsciente, il y avait encore des taches de sang.

Elle éclata de nouveau en sanglots et un frisson me parcourut à la vue de cette tache sur le tapis. J'aurais très bien pu la voir moi aussi pour le nombre de fois où je suis entré dans cette chambre sans que Cailin ne le voie. Elle sécha une nouvelle fois ses larmes avec la manche de son gilet et reprit son calme.

- J'ai aussi trouvé ça en fouillant dans sa bibliothèque, dit Cailin en sortant un carnet caché entre deux livres. Je pense que c'est son journal intime ou un truc dans ce style-là, continua-t-elle en me le tendant.

Je lui pris des mains et contemplai la couverture tout en m'asseyant sur le lit, plusieurs mots et dessins au marqueur décoraient le livre, je pouvais voir apparaître mon prénom et d'autres mots qui me représentaient inscrits dessus, un sourire s'installa sur mon visage à ce moment précis. Comme quoi elle avait encore des secrets pour moi. Je feuilletais quelques pages et à la vue de certains mots je refermai directement le carnet.

- J'ai lu les premières pages, mais c'était trop dur, elle parle de tous ces moments où elle s'est scarifiée, elle dit aussi à quel point elle me détestait...

- Elle ne vous détestait pas, elle était juste en colère de vous voir toujours absente.

- Elle parle aussi beaucoup de toi, elle t'aimait. Énormément.

- Je l'aimais aussi énormément et je suis amoureux d'elle encore aujourd'hui vous savez.

- Elle nous manque autant l'un qu'à l'autre je présume, dit-elle en s'asseyant à mes côtés.

Je me contentais d'acquiescer, je restais muet et repensais à chaque moment passé dans cette chambre, à cette fois où je me suis endormi dans son lit avec elle, à cette fois où je l'ai vue pleurer et où j'ai pu la prendre dans mes bras pour la première fois, à cet après-midi où Cailin aurait pu nous surprendre et c'est aussi ici que je l'ai surpris en train de se faire du mal...

Je dis au revoir à Cailin sur le seuil de la porte et je m'en allai, je m'en voulais de la laisser seule dans cette maison, Maximilien travaillait tous les jours et finissait parfois tard le soir.

- Mon chéri, tout est prêt, tu viens diner ? cria ma mère dès que je rentrai dans la maison, le journal intime d'Alexie dans les mains.

Je suivis l'odeur de la bonne viande et retrouvais mes parents assis à table dans la cuisine.

- Je me change et j'arrive.
- D'accord, qu'as-tu dans les mains ? m'interrogea-t-elle en regardant le carnet caché entre ma main et ma veste.
- C'est... Je raclai ma gorge avant de poursuivre ma phrase et admirai une nouvelle fois la couverture qu'elle avait créée elle-même. C'est le journal intime d'Alexie, sa mère me l'a confié.
- Tu es sûr que ce n'est pas un peu tôt pour le lire ? de-

manda-t-elle d'un air morose.
- Je verrais bien... dis-je en détournant pour aller à ma chambre.
Je déposais le carnet sur mon lit et m'avançais vers ma penderie pour changer de tenue, un long short gris et un marcel noir me conviendraient. À table, j'avalai la moitié de mon assiette et me levai pour mettre mes couverts dans l'évier.
- Tu as déjà fini ? demanda ma mère.
- Je n'ai pas faim, maman, dis-je en posant mes mains sur ses épaules et en lui faisant un bisou sur le front. Bonne nuit, à demain, dis-je en quittant la cuisine après avoir fait un signe de main à mon père.
Je m'affalai sur mon lit et attrapai le carnet que j'avais déposé avec soin sur ma couette. Je contemplai encore la couverture pour lire chaque mot qui était inscrit dessus, je pouvais voir des "Adil" accompagnés de cœurs, la date de notre rencontre, certaines phrases que je lui avais dites et aussi un papillon. Un clin d'œil au "Butterfly Project" et au papillon que je m'étais dessiné sur le bras pour lui faire comprendre que je serai là pour elle et que je voulais l'aider à guérir de ce poison. Je me rappelle encore son "j'essaierai". Elle me l'avait promis. J'ouvris enfin le carnet et lu la première page.

"Papa m'avait offert ce carnet quand j'étais plus jeune pour que je puisse écrire mes beaux moments. Ce soir pour la première page de mon journal je n'écrirai pas un bon moment que j'ai vécu, mais le mal que j'ai depuis son absence. Trois jours que j'ai appris son décès, trois jours que je pleure dans mon lit, que je ne mange plus, que je ne dors plus et que je m'enferme pour me faire du mal. J'ai trouvé cette lame et je la cache, comme je cache cette serviette tachée de sang sous mon lit et comme je cache mes bras quand maman vient me voir..."

Je refermai le carnet après avoir lu la dernière ligne de la page et m'endormis rempli d'amertume.

6.

Le paysage changeait peu à peu à mes côtés. Il est sept heures du matin et la seule distraction que j'ai trouvé à faire pour m'occuper est un footing. Le soleil se levait depuis le début de ma course. Pendant que les autres de mon âge faisaient la grasse matinée pour se remettre de ces journées d'examens, je parcourais les rues de la ville en écoutant les bruits qu'elle rejetait. Vêtu d'un t-shirt gris uni, d'un short noir et de mes baskets préférées, je courrai encore quelques minutes avant de rentrer dans un Starbucks. Passé la porte, mes yeux scrutèrent chaque endroit du café et tombèrent sur une table en particulier. On était installés à cette table ensemble il y a peu de temps encore.

C'est Alexie qui m'avait fait découvrir cet endroit, avant je passais devant sans y faire attention. Ce jour-là, elle avait parié avec moi que je deviendrais fou de leur chocolat chaud et dès la première gorgée avalée Alexie avait compris qu'elle était la gagnante du pari. J'avais donc dû lui offrir son thé vert qu'elle avait commandé au même moment.

Après avoir payé à la caisse et attendu le gobelet à mon nom, je retournai vers la maison, tout en buvant mon chocolat chaud sur le chemin.

À mon arrivée, je longeai le salon en essayant de faire le moins de bruit possible, me dirigeai vers la cuisine, jetai mon gobelet vide à la poubelle et cette fois-ci je me servis du jus d'orange. J'ouvris la porte du réfrigérateur pour prendre la bouteille et un verre dans un placard en hauteur, j'avalai d'une traite et déposai le verre fini dans l'évier. En me retournant je remarquai un gâteau au chocolat que ma mère avait dû faire la veille, j'étais persuadé qu'elle l'avait laissé là espérant que j'en prenne une part. Petit je ne refusais jamais quelques parts de ce gâteau, mais ce matin je m'en refusais même une et montais dans la salle de bain prendre une douche avant de finir mon trajet dans ma chambre pour me changer. Je pris un short dans mon armoire et mon téléphone vibra sur mon lit au même moment.

« Bro' un match de basket comme avant, ça te tente ? »
Je re-lançais mon téléphone sur le lit sans répondre au message matinal envoyé par Josh, je n'avais aucune envie de voir du monde et encore moins envie de croiser cette Alicia, je ne digérais toujours pas sa maladresse. Je me dirigeai vers la salle pour me rafraîchir sous la douche et m'installai dans mon lit après m'être séché et

mis en caleçon.

Après m'être assoupi quelques heures, je me réveillai en sursaut après un nouveau cauchemar. Même mes rêves ne l'oubliaient pas. Dans ce rêve elle était là, devant moi, les bras en sang à se scarifier, et moi je restais devant elle sans pouvoir bouger mon corps, à lui crier d'arrêter mais elle ne m'entendait pas, elle ne réagissait pas, elle continuait encore et encore à se vider de son sang, autant de sang coulait sur ses bras que de larmes sur ses joues. Je regardai autour de moi pour m'assurer que je me trouvais bien dans ma chambre et soufflai un bon coup, les rayons du soleil qui arrivaient à traverser les volets de ma fenêtre me permettaient de voir ma chambre et de me repérer. Je me levai de mon lit difficilement et m'avançai vers ma psyché pour me regarder, mon teint mat était devenu pâle avec la fatigue et la sous-alimentation que je m'infligeais depuis quelques jours. Après m'être "admiré" dans le miroir je m'habillai.

- ADIL A TABLE !

Je me retournai vers la porte quand j'entendis la voix de ma mère m'appeler et me dirigeai vers la cuisine pour rejoindre mes parents à table. En passant dans le salon j'entendais mon père raconter sa matinée de travail à ma mère, tous les midis il rentrait manger à la maison et tous les jours ma mère passait ses matinées à cuisiner, c'était comme ça depuis des années, c'était entre autre leur routine. Ma mère déposa mon assiette au moment où je m'installai.

- Bon appétit, m'annonçait-elle. Tu es allé courir au fait ce matin ? Je t'ai entendu descendre les escaliers...

- Je n'ai pas faim, dis-je en lui coupant la parole et en regardant l'assiette de pâtes devant moi.

- Mange un petit peu, tenta mon père.

Je posais ma fourchette dans mon assiette en guise de réponse négative.

- Il faut que tu manges Adil, tu n'as pas pris un repas convenable depuis des jours, j'ai l'impression que ça va encore moins bien depuis que tu as passé ton épreuve... dit-elle en s'asseyant à côté de moi sans me lâcher du regard. Et puis tu ne sors plus...

- Je n'ai pas envie de voir du monde.

- Et tes amis ? Comment s'appelait ton ami qui venait souvent à la maison déjà ?

- Josh ! annonça mon père en se mêlant à la conversation.

- Josh voilà, tu n'as qu'à l'appeler et allez faire un tour avec lui ou allez faire un match de basket ensemble, tu adorais faire cela avant, continua-t-elle.

Je n'osais pas lui dire qu'il m'avait fait cette proposition quelques heures auparavant.

- Tout ça c'était avant maman.

Ma voix dérailla au moment de sortir cette phrase et je

me levai pour que mes parents ne me voient pas craquer, je retournai dans ma chambre avec la gorge nouée, sans prendre en compte ma mère m'appeler plusieurs fois. Je ne supportais plus aucune présence, sûrement parce que la seule que je voudrais à mes côtés je ne l'aurai plus jamais.

Je me dirigeai vers mon bureau, sur les nerfs, et dégageai d'un geste brusque toutes les affaires qui étaient disposées dessus. Je m'assis sur la chaise, d'un des tiroirs je sortis le carnet d'Alexie, soufflai un grand coup pour relâcher la colère qui était en moi, l'ouvrai à la seconde page et découvris avec effroi ce qu'elle avait pu y écrire.

"Aujourd'hui et un nouveau jour d'après maman, 'un nouveau départ' même, je vais découvrir mon nouveau lycée, après avoir passé quelques jours à sombrer dans ma nouvelle chambre, elle m'a imposé mon jour de rentrée. Moi qui déteste attirer les regards, arriver quelque temps après la rentrée des cours était peine perdue pour que je passe inaperçue... Il est 4h du matin et je n'arrive plus à dormir, sûrement à cause du mélange d'appréhension de la journée et des nouvelles cicatrices que je viens de me faire. J'ai peur que quelqu'un vienne me parler, j'ai peur que l'on découvre l'état de mes bras et que l'on me juge... Certaines d'entre elles me brûlent encore..."

Je refermai le carnet à la fin de la page et le rangeai à la même place que tout à l'heure, les coudes posés sur la surface du bureau je me cachai la tête dans mes mains et repensai à chaque mot qu'il y avait d'écrit. Elle ne voulait pas que quelqu'un l'approche et moi je l'ai fait, sans réfléchir je m'étais avancé vers elle et déjà son regard brisé me plaisait et m'intriguait. Son absence se ressentait partout, son odeur sur mon pull qu'elle préférait s'évadait de plus en plus, son sourire en photo ne me suffisait plus, je n'arrivais pas à la quitter le soir quand je la raccompagnais chez elle. Si je n'arrivais pas à être loin d'elle plus d'une journée, comment vais-je faire pour toute une vie ? Ma chambre était à présent le seul endroit que je visitais, par moments je tournais en rond, je faisais les cents pas et quand cela me fatiguait je m'allongeais dans mon lit à écouter et réécouter toutes ces chansons d'amour qu'autrefois Alexie écoutait, je les entendais en fond dans sa chambre quand je venais lui rendre visite dans le dos de sa mère ou à travers un de ces écouteurs quand on faisait le trajet depuis le lycée tous les deux. Elle disait ne pas vouloir tomber amoureuse, avant que l'on se mette ensemble elle me rappelait sans cesse qu'elle ne serait pas capable d'aimer un autre homme, la mort de son père et le départ de son frère Maximilien lui rappelait tous les jours que chaque personne masculine qu'elle aimait profondément partait. Mais une fille qui écoutait sans arrêt des histoires d'amour chantées ne pouvait pas éviter éternellement l'amour. Éviter mon amour pour elle.

Moi qui ne comprenais pas ces couples qui se disaient "je t'aime" toutes les heures, qui se harcelaient de SMS alors qu'ils s'étaient quittés une heure avant, ces couples qui faisaient passer leur amour avant leurs amis, qui n'hésitaient pas à enfreindre certaines règles imposées par leurs parents pour pouvoir se voir. Je ne comprenais pas ces couples, jusqu'à ce que je la rencontre.

7.

Les cognements à la porte de ma chambre me rappelèrent à la réalité, je m'attendais à voir ma mère rentrer pour m'apporter une assiette de pâtes qu'elle m'aurait réchauffée, et me répéter tout un discours pour que je mange sans que je lui refuse à plusieurs reprises.
- Adil, je peux rentrer ?
Cette voix grave n'était incontestablement pas ma mère.
- Oui, acquiesçai-je en me demandant qui cela pouvait être.
Josh rentra dans la pièce et referma la porte derrière lui, il était habillé de son long t-shirt de basket supportant les Lakers, d'un jean noir déchiré au niveau des genoux et de ses baskets blanches impeccables dont il prenait tellement soin que parfois sa copine en était même jalouse. Il tenait aussi un ballon de basket qu'il coinçait entre ses cotes et son bras gauche.
- Comment tu vas ? commença Josh en s'avançant vers le lit.
Je haussai les épaules en guise de réponse.

- Comment tu es rentré ? demandais-je intrigué.
- C'est ta mère qui m'a appelé pour que je vienne te voir, annonça-t-il en s'asseyant sur le lit à mes côtés.

Je m'écroulai dans mon lit en soufflant, elle ne veut vraiment pas me laisser seul.

- Elle s'inquiète pour toi, elle voulait que je te persuade de sortir un peu, même si je sais qu'avec tous les efforts et les arguments que je pourrais avoir ça ne te fera pas sortir de ton lit, dit-il en posant son ballon de basket à ses pieds.
- Je suis désolé, elle n'aurait pas dû te déranger.
- Tu crois vraiment que cela me dérange de venir voir mon meilleur ami ? me demanda-t-il avec un air surpris.
- Bah... On va dire que je ne suis pas d'une très bonne compagnie.

Josh se leva d'un coup en prenant son ballon de basket.

- Allez lève-toi !
- Quoi ?
- Oui, on va aller se faire un match de basket, tu n'as pas le choix, annonça-t-il tout en me balançant le ballon.
- Je n'ai pas envie de voir les autres au terrain.
- Qui t'a dit qu'on allait au terrain ? Tu n'as pas un panier de basket dans ton jardin par hasard ?

Mon père me l'avait installé, c'était mon cadeau pour mes dix ans et depuis il n'avait jamais quitté sa place.

- Habille-toi, je t'attends en bas.

J'entendis Josh descendre les escaliers, je sortis de mon lit, m'apprêtai et descendis à mon tour. En passant par le salon je vis ma mère assise dans un fauteuil à regarder la télé.

- Merci maman, dis-je en m'approchant d'elle pour lui faire la bise.

Et je rejoignis Josh dans le jardin pour faire notre partie de basket.

- Tu es prêt à ce que je te mette la raclée ?

Josh dribblait le ballon devant lui en m'attendant, je me précipitai, pris le ballon sans qu'il ne s'en aperçoive et dribbla à mon tour avant de marquer un panier.

- Tu disais ? demandais-je sur un ton ironique.

Josh récupéra la balle. Et on entama notre affrontement, chacun notre tour nous marquions notre panier en essayant de s'intercepter pour ne pas laisser gagner l'autre. Cela me rappela quand on passait des heures sur le terrain de basket de la ville où l'on se rejoignait tous, mes parents m'harcelaient d'appels quand je ne rentrais pas avant le coucher du soleil. La plupart du temps mon équipe se composait de Josh et Adam, contre trois autres mecs du lycée. Alexie, elle aussi était là, elle nous regardait jouer pendant des heures, quand la fraîcheur tombait elle enfilait ma veste et s'occupait en faisant ses devoirs en attendant que je sois libre pour elle.

Entre deux paniers je nous pris des sodas dans le réfrigérateur pour nous aider à récupérer sous la chaleur que nous offrait cet après-midi.

- Tu as eu de la chance, c'est tout.

C'est ce que m'annonçait Josh pour accepter sa défaite. Même sans avoir joué pendant plusieurs semaines je n'avais pas perdu la main, je posais le ballon de basket sur la table du jardin et nous dégustions chacun le reste de soda qui se trouvait dans nos canettes.

- Alors tu comptes aller où à la rentrée ? me demanda Josh en s'installant sur une des chaises qui entouraient la table.

-Je n'en ai aucune idée.

Je m'asseyais à mon tour en me mettant face à lui, je m'amusais à balancer ma canette entre mes mains tout en concentrant mon regard sur elle pour montrer à Josh que ce n'était pas le sujet de conversation sur lequel j'aimais m'attarder le plus en ce moment, mais Josh n'a pas su recevoir le message comme il faut.

- Viens à la même Université que moi, ils proposent tellement de cours différents, il y a des équipes de basket, de foot et plein d'autre encore et elle est proche d'ici...

- Cela a l'air d'être l'Université parfaite.

Ma mère s'immisça dans notre conversation. Je me retournai vers elle, elle était accolée à l'encadrement de la porte-fenêtre qui menait de la cuisine au jardin, habillée d'une chemise rose rentrée dans son jean elle tenait sa tasse de thé, c'était son quatre heures pour elle.

- Vous verriez, elle est énorme, puis Adam et ma copine viennent, dit Josh en se tournant vers ma mère. Et comme ça tu ne seras pas seul Adil.

- Qu'est-ce que tu en pense Adil ?

Je regardais ma mère et Josh à nouveau.

- Je ne sais pas, on verra.

- Je t'enverrai le lien du site de l'Université, tu pourras t'en faire une idée comme ça, m'annonça Josh.

J'hochais la tête positivement avec le peu de motivation qui coulait en moi. Non mais, vous pensez vraiment que les études sont ce dont j'ai envie de parler en ce moment.

-Je vais te laisser Adil, continua Josh en se levant.

Je me mis à mon tour debout et le saluai avant de le raccompagner à la porte d'entrée. Muni de son ballon il me fit un dernier signe avant d'entamer son chemin de retour.

- C'est toi qui lui as demandé de me parler d'Université ?

Ma mère sursauta, surprise du ton que j'avais pris en posant la question, elle lâcha son livre à nouveau assise dans le même fauteuil que tout à l'heure.

- Quoi ?

- Est-ce que c'est toi qui lui as demandé de me parler d'Université ? répétais-je.

- Je l'ai appelé oui pour qu'il vienne te changer les idées, dit-elle en s'approchant de moi.

- Et tu crois que c'est en me parlant d'avenir que je vais me changer les idées ? dis-je en haussant la voix.
- Je voulais juste t'aider et je pensais que Josh était la bonne personne.
- La bonne personne pour quoi ?
- Pour te faire penser à autre chose qu'à Alexie.
- Alors tu veux que je l'oublie c'est ça ? Et que je me concentre uniquement sur mon avenir ?
- Je veux juste que tu te prennes en main, je ne te demande pas de l'oublier, je ne suis pas cruelle.
- Moi, la seule chose que je demande c'est qu'on me foute la paix.

Je regardais ma mère au bord des larmes. Elle ne me reconnaissait pas et moi non plus. Je montai les escaliers et m'enfermai dans ma chambre, je ne voulais pas être en face de ses larmes, en être la cause était déjà infâme pour moi.

8.

Mes pas se faisaient lents, caché par la capuche de mon sweat noir je m'avançais peu à peu vers mon lycée. Les résultats étaient arrivés. En ce matin de juillet je saurais si j'avais réussi ou échoué, mais je crois que dans cette histoire mes parents attendaient l'annonce plus que moi. Je vis la foule d'élèves tassée devant les panneaux, certains criaient et s'enlaçaient, d'autres appelaient directement leurs parents qui n'avaient pas pu les accompagner. J'essayai tant bien que mal de me faire un chemin dans la foule, arrivé devant les affiches je cherchai mon nom sur plusieurs feuilles avec l'aide de mon index avant d'enfin le trouver. ADMIS. J'avais officiellement mon diplôme, un petit sourire se glissa sur mon visage au vu du résultat positif affiché en face de mon nom, mais mon enthousiasme n'était rien comparé à celui des autres qui m'entouraient. Je me détournai du panneau et m'éloignai de la foule, sur le chemin du retour je sortis mes écouteurs d'une de mes poches et fis bourdonner l'une des musiques préférées d'Alexie dans mes oreilles. Elle aurait

dû l'avoir, elle aussi.
-Alors ?
Ma mère arriva en trombe vers la porte d'entrée que je venais de passer, sa voix avait réussi à prendre le dessus sur ma musique, j'enlevai mes écouteurs et lui répondis avec un simple sourire.
-Je le savais ! me fit-elle avant de me prendre dans ses bras

Je pouvais sentir sa fierté à travers la force avec laquelle elle me serrait. L'odeur de la friture se faisait sentir à travers le salon, ma mère avait préparé mon plat préféré.
- Poulet, frites ? demandais-je en me décalant d'elle.
- Il fallait bien marquer l'évènement, dit-elle en m'embrassant la joue avant de retourner dans la cuisine.
Mon père descendit au même moment les escaliers.
- A en croire le cri de joie de ta mère, je suppose que tu à réussi ? annonça-t-il fièrement.
Il me prit à son tour dans ses bras en me tapotant dans le dos.
- Bravo mon garçon.
- Merci, papa.
Mon portable vibra dans une des poches de mon sweat, je déverrouillai mon écran pour lire mon message.

« J'ai vu que toi aussi tu étais diplômé, rendez-vous ce soir pour la soirée. »

C'était Josh. J'avais complètement oublié qu'il organiserait une soirée s'il avait son diplôme. Je rangeai mon téléphone dans ma poche et allai m'asseoir à table pour savourer le repas que ma mère avait préparé, mon père avait sorti une bouteille de champagne pour fêter mon diplôme. Et même si le bonheur m'entourait je n'étais pas exclusivement avec eux, je n'arrivais pas à m'empêcher de penser à Alexie. On aurait dû fêter ça ensemble, je l'aurais invitée au restaurant, ou j'aurais organisé un pique-nique sur le toit où l'on se rejoignait souvent. On aurait dû fêter ça que tous les deux. J'écoutais mes parents parler, ils racontaient l'époque où eux aussi avaient passé leurs diplômes, mon père s'était réveillé en retard le premier jour de l'examen et avait dû courir pour ne pas être recalé. Qui pouvait croire que cet homme aujourd'hui patron d'une entreprise avait failli rater le premier diplôme de sa vie. Quant à ma mère elle était l'élève-modèle dans toute sa splendeur, elle avait réussi son examen haut la main et avait ensuite continué ses études dans le management, après la réussite de son dernier diplôme elle avait intégré une grande entreprise dans sa filière. Elle y était restée deux ans, pendant ce temps-là elle avait rencontré mon père, ils se sont mariés un an après leur rencontre, ils étaient déjà sûrs de leur avenir ensemble. Leur histoire en fait rêver plus d'un, surtout

leurs amis qui sont pratiquement tous divorcés. J'étais arrivé un an après leur union, c'est à ce moment-là que ma mère avait décidé de tout quitter pour se consacrer à moi, mon père lui avait promis qu'il travaillerait énormément pour qu'elle et moi ne manquions de rien.
Quand Alexie était encore parmi nous, je nous imaginais vingt ans plus tard, s'aimant comme mes parents, à s'envoyer des regards profonds comme au premier jour, à s'embrasser à n'importe quel moment de la journée et à continuer de se surprendre même après des années de mariage.
Tout aurait été si beau.
Je secouai la tête pour revenir à la réalité, débarrassai ma table et remerciai une dernière fois ma mère pour m'avoir préparé mon repas préféré. Une fois dans ma chambre, je repris mon téléphone en mains et regardai à nouveau le message de Josh. Je lançai mon téléphone sur le lit et m'asseyais au bord la tête baissée dans mes mains. Ma mère passa dans le couloir au même moment, je la sentais me regarder dans l'écart entre la porte et l'encadrement, elle agrandit l'écartement.
-Qu'est-ce qu'il y a Adil ?
Je redressai la tête et me tournai en sa direction.
- Il y a Josh qui m'a proposé de venir à sa soirée ce soir mais je ne pense pas y aller, dis-je avant de me lever de mon lit.

Ma mère se rapprocha de moi.
- Tu devrais y allez Adil, vas fêter ton diplôme avec tes amis.
- Je ne sais pas.
Elle se dirigea vers mon armoire et l'ouvrit, elle fouilla dans mes vêtements.
- Si tu veux je peux t'aider à te trouver une tenue.
- Maman, vraiment ?
Elle se retourna dans ma direction.
- Tu me promets que tu vas y aller ?
- D'accord promis, mais tu me laisses m'habiller seul, dis-je avec un petit sourire.
Elle s'approcha une nouvelle fois de moi et me fit un bisou sur la joue en me tenant l'autre avec sa main. Ma mère repartit de ma chambre en prenant soin de fermer la porte derrière elle, je regardai l'armoire ouverte devant moi et pris mon courage à deux mains pour me choisir une tenue pour ce soir. Si ça se trouve ça ne va pas être si terrible, de voir des personnes que je n'ai pas spécialement envie de voir, de fêter mes résultats avec des personnes qui sont devenus des inconnus à présent, de faire la fête tout court. Faire la fête sans Alexie.
Sous la douche je pensais à elle, faisant couler l'eau sur ma peau, je la voyais me sourire, ses cheveux lâchés au vent, les yeux fermés je ne voyais qu'elle...
J'éteignis l'eau de la douche et sortis de la salle de bain

quelques minutes après avec une serviette autour de la taille pour me diriger vers ma chambre, j'avais installé les vêtements que je comptais mettre sur mon lit. Un t-shirt blanc avec un jean noir troué aux genoux accompagnés de baskets blanches. Après m'être coiffé je descendis les escaliers.
- Maman ? criais-je.
J'entendis sa réponse sortir de la cuisine, je me dirigeai vers elle pour la prévenir de ma sortie.
- Amuse-toi surtout, tu as le droit.
- Oui.
Je lui avais répondu sans vraiment croire en ma réponse, je doute d'avoir le droit de m'amuser quelques semaines après la mort de mon premier amour. Je ferai un effort pour ce soir, pour faire plaisir à ma mère, c'est tout ce que je sais faire en ce moment.
Je sortis de chez moi, j'avais tenu à y aller à pied sinon ma mère m'aurait tenu tout un discours sur l'alcool ou la drogue pendant le trajet en voiture, le quart d'heure de marche me contentais bien plus.
La musique qui se faisait entendre depuis quelques mètres dans la rue me mena jusqu'à la grande maison de Josh. Je montai les quelques marches pour arriver devant la porte d'entrée, une seule question se tramait en moi depuis le début du trajet et encore plus en me trouvant devant cette porte blanche qui cachait des dizaines per-

sonnes.

Ai-je bien fait de venir ?

9.

Une jeune fille blonde couverte d'une robe noire moulant avec des jambes interminables ouvrit la porte avant que je n'aie eu le temps d'attraper la poignée, je montai mon regard jusqu'à son visage. Alicia. C'était sûrement le premier signe à l'erreur de venir à cette soirée.
- Adil ! s'exclama-t-elle avec son plus beau sourire maquillé d'un rouge à lèvres aussi flashy que les lumières que je pouvais apercevoir derrière sa silhouette.
Je passai entre elle et la porte sans faire attention à la réaction qu'elle avait pu avoir en me voyant l'éviter. C'était bien la dernière personne que je voulais croiser ce soir. J'avançai nonchalamment tout en regardant autour de moi : certains dansaient avec leur verres remplis dans les mains, des garçons, bouteilles à la main, faisaient le tour de la pièce pour remplir les verres des filles tout en en profitant pour les draguer. Je vis Josh au loin, enlaçant sa copine et parlant avec des personnes avec qui l'on trainait au lycée, un des garçons qui s'improvisait serveur m'avait tendu un verre rempli d'alcool que j'avais gentiment accepté avant de m'avancer vers Josh et ses amis, sa copine Mia fut la première à me voir.

- C'est super que tu sois venu ! s'exclama-t-elle en venant me faire la bise.

Josh me tendit sa main en guise de salut, je m'immisçai au groupe et ils continuèrent leur discussion, j'avalai une gorgée de mon gobelet avec difficulté, il y avait bien plus d'alcool que de diluant.

- Bon, alors Adil tu as réfléchi à ma proposition ? demanda Josh en s'éloignant de sa copine.

Il passa son bras par-dessus mes épaules pour nous éloigner un peu du groupe.

- Quelle proposition ? dis-je en réfléchissant.

Josh me lança un regard interrogateur.

- Bah, pour l'université, à la rentrée, dit-il en buvant une gorgée dans son verre en tirant une grimace lui aussi. La prochaine fois je ne confierai pas les cocktails à Nathan, continua-t-il en regardant le contenu de son gobelet avec dégoût.

Sa remarque venait de me faire sourire ce qui lui fit plaisir, lui non plus ne m'avait pas vu esquisser un sourire depuis des jours.

- Alors ? L'université ?

- Je ne sais pas, dis-je en haussant les épaules avec encore mon gobelet dans les mains.

- Je pense que cela te ferait du bien.

Je le regardai un peu désespéré.

- Je te jure que ta mère ne m'a pas rappelé, dit-il en le-

vant les bras en l'air pour paraître plus innocent.
Un sourire se dessina à nouveau sur mon visage.
- Cela me touche que vous essayiez de m'aider, mais s'il vous plaît laissez-moi le temps de faire mon deuil.
- C'est tout ce que je te souhaite frère, m'annonça-t-il en posant une main sur mon épaule.
La musique venait de s'adoucir grâce à un slow que venait de lancer le DJ installé derrière ses platines.
- Bon je vais devoir te laisser, Mia va m'en vouloir si je ne danse pas avec elle sur cette musique.
Josh bu une nouvelle gorgée dans son verre en plastique et fit à nouveau une grimace, il déposa son gobelet sur sa cheminée à côté d'un cadre et s'en alla rejoindre Mia. Je scrutai les personnes qui m'entouraient, la plupart dansaient en couple et moi je me trouvais dans mon coin seul. J'écoutai attentivement la musique, Alexie l'aimait beaucoup celle-ci, je crois même que c'était l'une de ses préférées, comme toutes les musiques d'amour. A la fin de cette musique, une autre prit le relai avec un rythme qui donnait un peu plus envie de bouger pour certains garçons qui étaient plus venus là pour la soirée plutôt que pour draguer. En me retournant vers la porte d'entrée je vis Samy saluer des mecs qui discutaient entre eux, lui et Josh ne se supportaient pas, cela m'étonnait qu'il soit invité. Samy me regarda et s'avança vers moi après avoir dit quelques mots à un de ses amis.

- Tu va bien ? me demanda-t-il.

Je restai sur place jusqu'à ce qu'il vienne m'adresser la parole. Au lycée il restait toujours à l'écart car à plusieurs reprises il s'est retrouvé dans le bureau du directeur après avoir cherché les embrouilles à Josh.

- Oui, ça va merci, dis-je un peu perturbé.

Le même garçon qui m'avait servi mon verre en donna un aussi à Samy, il bu après avoir remercié la personne, il avait avalé la moitié de l'alcool en une gorgée et sans broncher.

- Tu passes une bonne soirée ?
- Mmmh, oui, Josh sait vraiment organiser les fêtes, dis-je.

Samy se contenta de hausser les épaules et de finir le reste de son verre en une gorgée encore.

- C'est sûr qu'elles n'ont rien à voir avec celles que j'organise, celles de Josh sont on va dire, plus calmes... dit-il en prenant le verre d'un garçon qui eu la mauvaise idée de passer à côté à ce moment-là. Il essaya avec peu de confiance en lui de récupérer son verre mais Samy l'en empêcha en le menaçant avec un coup de tête qui a bien failli lui atterrir en plein crâne et moi je n'avais pas le courage de défendre cette injustice. Il n'aura qu'à se prendre un nouveau verre.

Samy bu en quelques gorgées son nouveau verre et le posa sur la table basse qui se trouvait à côté de nous, moi

j'étais toujours à une gorgée du mien.
- Tu devrais venir à une de mes soirées, là tu t'amuserais, lâcha-t-il.
Je pris mon courage à deux mains et pris une nouvelle gorgée de mon alcool.
- Je m'amuse, mentais-je.
Il me regarda et lâcha un petit sourire de dérision.
- Cela se voit.
C'est vrai que j'étais loin d'être le mec qui s'amusait à la soirée, mais le moral n'y était pas, c'était déjà un grand pas que j'y sois.
- Non plus sérieusement, il faudrait que tu viennes à une de mes soirées, ça n'a rien à voir, continua-t-il.
Je ne suis pas sûr de voir ça.
- Je prends ton numéro et je t'envoie un message pour ma prochaine soirée ?
Pourquoi il insistait autant à ce que je vienne ?
- EH TOI !
Josh s'approcha de nous en furie, la musique s'arrêta et tous les regards se posèrent sur Samy et moi.
- Je peux savoir ce que tu fais chez moi ? demanda Josh en avançant vers nous.
- Je parlais avec mon pote, annonça Samy avec son petit sourire narquois.
Son pote ?
Josh me lança un regard noir et perdu, que j'évitais en

buvant dans mon verre.

- Tu sors de chez moi, tout de suite !
- Très bien, très bien, dit Samy. On se revoit vite Adil, me dit-il.

Il s'en alla en frôlant Josh pour le chercher un peu plus, Josh crispa sa mâchoire pour se retenir de le frapper, Mia s'approcha de lui pour le calmer et pour remettre l'ambiance dans la pièce. Une fois la musique repartie, tout le monde se remit à danser et oublia l'altercation qui venait de se produire. Mia retourna danser aussi après que Josh l'ait rassurée.

- Ne t'approches pas de lui, tu sais que ce n'est pas un mec fréquentable, m'annonça Josh en me regardant.

Moi, mon regard était tourné sur Samy qui parlait à Alicia, elle venait de lui tendre son téléphone et lui pianotait sur le sien, il lui avait embrassé la joue et lancé un sourire.

- JE T'AI DIS DE DEGAGER DE CHEZ MOI ! hurla Josh une nouvelle fois en voyant Samy toujours chez lui. Fais vraiment attention Adil.
- Ne t'en fais pas.
- Tu viens danser avec nous, frère ?
- Non, non vas-y toi, Mia t'attend.

Mia surveillait Josh depuis un petit moment, je voyais bien qu'elle n'attendait que ça qu'il la rejoigne.

Pendant les deux heures qui suivirent je vois les gens finir chacun leur tour dans un sale état. Assis sur le canapé je regardais ce qui se produisait devant moi. Il y en a un qui terminait dans une chambre avec une fille qu'il avait draguée et embrassée pendant plus d'une heure, deux filles qui tenaient leur copine qui était incapable de rester debout avec tout l'alcool qu'elle avait ingurgité et il y a les raisonnables qui rentraient chez eux après avoir salué le maître de la soirée. Quant à moi après l'intrusion de Samy j'avais passé ma soirée assis dans le canapé à essayer de finir mon verre d'alcool, mais sans succès.
Une heure du matin passé je remerciai Josh pour l'invitation, saluai aussi Mia et leur promis de revenir dans la journée pour les aider à ranger la maison avant le retour des parents. Je me frayai un chemin entre l'alcool renversé et les gobelets étalés partout sur le sol et sortis de la maison pour retrouver ma chambre.

10.

Quatorze heures et je me retrouvais à nouveau dans le salon de Josh, sac poubelle à la main j'aidais Mia à jeter tous les cadavres de bouteilles et des gobelets traînant partout. Josh lui, prenait son temps pour prendre sa douche, le ménage n'a jamais été son fort. Je le vis enfin descendre les escaliers en enfilant son t-shirt, suivi du mec et de sa conquête. Le mec salua Josh et prit la main de la fille en sortant de la maison.

- Ça vous dit une pizza ? demanda Josh en composant un numéro sur son téléphone.

- Bonne idée, je meurs de faim, répondit Mia en s'arrêtant de nettoyer.

- C'est cool, la maison est presque propre, dit Josh tout souriant.

Mia lui lança un regard aussi noir que le vernis de ses ongles.

- Merci qui ?

- Merci mon amour, dit Josh en venant l'embrasser.

Ils se sentirent gênés devant moi après leur geste, Josh détourna ce moment en revenant sur les pizzas.

- Chorizo pour toi ? me demanda-t-il.

- Non, laisse, je vais rentrer, je vais vous laisser entre vous, dis-je en posant le sac poubelle rempli sur la table du salon.

- Bien sûr que non, tu restes avec nous et après la pizza on se fera une partie de console, j'ai un nouveau jeu vidéo tu vas adorer, insista Josh.

- Et Mia ? demandais-je, gêné pour elle à l'idée qu'elle reste seule.

- Reste Adil, ça ne me dérange pas, puis si ça peut m'éviter de te remplacer aux manettes ça m'arrange, les jeux vidéo ce n'est pas pour moi, annonça-t-elle.

Elle était soulagée que je la remplace à ce supplice qu'elle avait dû endurer plusieurs fois à voir sa réaction. Josh appela enfin la pizzeria du coin pour nous commander chacun notre repas. Les jeux vidéo et pizza avec Josh, c'est à ça que se résumaient nos après-midi il y a quelque temps, avant que je rencontre Alexie, c'était même nos week-ends, aucun de nos parents n'arrivait à nous faire sortir de la chambre. Et quand nous sortions enfin c'était pour rejoindre d'autres personnes au terrain de basket dans la ville pour se faire des matchs jusqu'à pas d'heure. C'est à ça aussi que ma mère avait remarqué que j'étais tombé amoureux, car je privilégiais mon temps libre à Alexie plutôt qu'aux jeux vidéo et aux matchs. Pour aucune autre fille je n'avais fait ça auparavant. Délaisser tes plaisirs du quotidien pour une personne, cette personne. Je ne comprends même pas que Josh ne m'en veuille pas, le nombre de fois où je n'avais pas répondu à ses appels ou messages parce que je préférais être avec Alexie, n'importe qui d'autre m'aurait laissé tomber, mais lui est toujours là.

Lui et Mia se connaissaient depuis le collège, elle craquait pour lui déjà depuis quelques années mais pour Josh les filles ça n'a jamais été sa priorité, si on lui propose un match de basket ou un diner romantique avec sa copine, son choix est vite fait. Mais Mia a réussi à lui ouvrir les yeux, c'est d'ailleurs en l'invitant à un match de basket de son équipe préférée que leur couple s'était formé, elle savait qu'elle ne pouvait pas lui faire plus plaisir. Depuis ce soir-là, quand Josh a réalisé qu'une fille qui détestait le sport était prête à l'accompagner à un match, il a tout de suite compris qu'elle était celle qui lui fallait. Et cela dure depuis six mois. Mia était consciente qu'en sortant avec Josh elle sortait aussi avec le basket, donc qu'elle devrait supporter les matchs le soir, son ballon qu'il emmenait partout, les matchs improvisés avec les autres gars de la ville...

Je dégustais ma dernière part de pizza assis à la table du salon, entouré de Mia et Josh qui eux aussi dévoraient leur repas. Josh avala sa dernière bouchée et s'essuya la bouche avec une serviette en papier avant de se lever.

- Allez Adil, je veux voir si tu n'as rien perdu de ce que je t'ai appris.

Arrivé dans sa chambre on s'installa tous les deux sur son lit et Josh mis en route le jeu. Je n'avais pas eu de manette en mains depuis des semaines, depuis que je n'étais plus rentré dans cette chambre. Ma mère n'avait jamais voulu m'acheter une console, elle ne voulait pas que je devienne un geek enfermé 24 heures sur 24 dans ma chambre, du coup mon seul refuge pour que je puisse battre à chaque fois Josh était sa chambre.

Après deux heures à combattre Josh, il jeta sa manette au sol dégoûté d'avoir perdu une énième fois face à mon pouvoir.

- Comment tu fais ? demanda Josh encore scotché au résultat qu'affichait l'écran.

- Tu pensais vraiment me battre ? J'ai ça dans le sang ! dis-je en essayant de plaisanter pour prendre le dessus sur la douleur qui était encore en moi.

- Adil, il faut que tu fasses attention à Samy, il sait comment tu es faible en ce moment...

- Je sais.

- Tu es mon meilleur ami, comme mon frère et je ne veux pas que ce mec te manipule, ses soirées se résument à boire, à fumer et à s'amuser avec des filles, elles aussi peu fréquentables, tu vaux beaucoup mieux que ce genre de personne.

- Tu sais je n'ai besoin de personne pour prendre mes décisions, je sais ce que j'ai à faire.
- Je sais ce qu'Alexie représentait pour toi, votre histoire était forte, sa disparition t'a complètement affaibli, je te connais et je sais comme tu peux être influençable quand tu es dans cet état. Tu te souviens quand on était petits et que tu avais perdu ton premier match ? Un plus grand que nous t'avait fait croire qu'un jus de fruit pouvait te rendre le meilleur joueur de toute l'équipe, et toi tu étais tellement triste de ta défaite que tu l'avais cru sans réfléchir.
- Oui je me souviens, dis-je un sourire aux lèvres en repensant à ce souvenir.
- Ce que je veux dire c'est qu'à ce moment-là tu étais tellement naïf quand tu étais déçu.
- J'ai grandi depuis, j'ai changé là-dessus, essayais-je de le rassurer.
- C'est tout ce que j'espère.
- Je vais rentrer chez moi, je suis HS, dis-je pour éviter de continuer sur ce sujet.

Je me levai du lit et sortis suivi de mon compagnon de jeu, j'allai saluer Mia qui se battait avec ses sacs poubelle encore et je la serrai dans mes bras pour la remercier d'avoir pris sur elle pour finir de nettoyer seule la maison pour que je passe un moment avec mon meilleur ami.

Je me retrouvais à nouveau seul dans ma chambre. Je

m'adossais contre l'oreiller de mon lit quand je sentis quelque chose me gêner, je soulevai mon oreiller et retrouvai le carnet d'Alexie. Je me tâtai puis ouvris quand même sur la nouvelle page pour continuer son histoire.

"Ce soir une fois de plus ma lame aura eu raison de moi, je regarde encore le sang couler sur mon poignet, mes larmes elles aussi coulent. J'ai honte, tellement honte mais je reste enfermée dans ma chambre sans demander d'aide, c'est peut-être la seule chose qui peut m'aider et me faire sortir la douleur quelques instants..."

Les larmes apparaissaient petit à petit sur mes joues, mon cœur lui se serrait, plus j'avançais dans la lecture de son journal et plus c'était dur, comment pouvait-elle faire ça sans que personne ne se soit aperçu de rien ? Elle était d'un côté très courageuse d'avoir gardé un aussi gros secret en elle, sans que personne ne soit tombé dessus, mais si moi j'ai aperçu une cicatrice sur un de ses bras, pourquoi personne ne l'avait fait avant ? C'était ça mon destin ? Venir en aide à une personne qui m'abandonne parce que j'ai fait un faux pas, donné des heures à trouver des solutions, à l'écouter, à la rassurer, passer des nuits à lui dire la belle personne qu'elle était pour qu'elle ne se

fasse pas du mal... Tant de temps consacré à une personne qui s'en est allée sans savoir tout ce que je pouvais ressentir pour elle. Je lui en veux. Je lui en veux de ne plus être là à me sourire, à me montrer chaque jour ses bras qui cicatrisaient, elle devenait fière d'elle de ne plus se faire du mal, elle avait repris confiance en elle, elle aimait la vie à nouveau. Plus le temps passait et moins je ne savais comment réagir : continuer de m'apitoyer sur mon sort ou alors passer à autre chose en pensant qu'Alexie avait agi par égoïsme ?
Je suis complètement perdu.
La photo d'Alexie en fond d'écran de mon téléphone s'illumina à côté de moi et je vis un message d'un numéro inconnu.

« Mec, j'organise une soirée demain soir, tu sais où j'habite. »

Je ne mis pas beaucoup de temps à comprendre que le message provenait de Samy.

11.

Entouré des rayons du supermarché je cherchais les yaourts préférés de ma mère qui elle se trouvait dans le rayon à côté. Après avoir vérifié une dernière fois que j'avais pris les bons je levai la tête pour rejoindre ma mère et dans l'angle du rayon je tombai nez à nez avec Cailin.
- Adil, tu va bien ? commença-t-elle avec un faux sourire.
Je n'eus pas le temps de répondre que ma mère débarqua derrière Cailin en me demandant pourquoi je mettais autant de temps. Elle se tourna vers Cailin.
- Maman je te présente Cailin. Je marquai une pause. La mère d'Alexie, continuais-je.
Ma mère me regarda avec insistance avant de retourner à nouveau à Cailin.
- Enchantée, commença-t-elle.
- De même, répliqua Cailin.
Ma mère essayait de se comporter du mieux qu'elle pouvait, mais je pouvais sentir sa gêne. Après tout je la

comprends, comment réagir face à une personne qui vient de perdre son enfant ?

- Je suis désolée de vous déranger, j'avais vu Adil de loin et je voulais prendre de ses nouvelles, dit Cailin en s'adressant à ma mère.

- Je comprends, je vais chercher le lait Adil tu me rejoindras, mais prenez votre temps, bégaya ma mère avant de prendre le caddie en mains. Cailin baissa les yeux en attendant que ma mère s'éloigne.

- Je voulais te féliciter pour ton diplôme, Maximilien m'a prévenue.

- Merci beaucoup.

Je voyais sa gorge se nouer et son regard chercher un point de repère autour d'elle, je sentais bien qu'elle avait quelque chose à m'avouer, quelque chose qui devais être dur à sortir.

- Cela fait un mois aujourd'hui...

Mon corps se tétanisa. Un mois ? J'avais arrêté de suivre les jours, je ne les vivais plus normalement, à penser au passé la journée et à faire des cauchemars la nuit. Pour moi, un jour, un mois ou même trois ans, cela restera toujours un éternel déchirement.

Je baissai la tête, caché par ma casquette noire, je ne voulais pas qu'elle remarque les perles de larmes qui étaient coincés aux creux de mes yeux, je les éliminai avec ma manche et refis face à Cailin.

- Vous êtes retournée au cimetière, depuis l'enterrement ? demandais-je.
- Une fois, j'y suis allée avec Maximilien, mais je suis incapable d'y aller seule, dit-elle, la voix au bord de la cassure. Et toi ? reprit-elle.
- Je n'en ai pas le courage, annonçais-je un peu honteux.
- C'est normal, ne te force pas surtout, attend d'aller mieux.

C'est Cailin qui me disait ça, elle qui venait de perdre sa fille, elle qui devait s'en vouloir plus que moi, elle qui dormait à côté de sa chambre, qui mettait chaque matin le bol d'Alexie sur la table, qui passait son temps à faire le ménage dans sa chambre. Elle qui comme moi ne fera sûrement jamais le deuil. Je n'arrivais plus à lui faire face, elle souffrait plus que moi et pourtant c'est elle qui me soutenait. On dit que ce sont les personnes qui souffrent le plus qui sont le plus présent pour les autres. Cailin avait ce point commun avec Alexie, oublier ses douleurs et ses démons en s'occupant de ceux des autres.

- Je suis désolé je dois rejoindre ma mère, elle va s'impatienter, mentais-je.

Je savais très bien que ma mère me laisserait tout le temps que je voulais avec Cailin, mais je me sentais de moins en moins à l'aise face à elle. Je m'avançai vers la sortie du magasin en lui passant à côté et sans lui laisser le temps de me dire au revoir.

J'aidais ma mère à sortir les courses des sacs pour les ranger dans la cuisine quand je reçus un message, c'était à nouveau Samy.

« C'est bon pour ce soir ? »

Je relevais mon regard vers ma mère tout en remettant mon téléphone dans ma poche.
- Maman, est-ce que je peux aller à une soirée ?
- Oui, bien sûr, tu seras avec Josh et Mia ? demanda-t-elle en refermant un placard.
- Hum, non ça sera avec d'autres amis.
- Je les connais ? demanda-t-elle en s'appuyant contre le placard.
- Maman, j'ai passé l'âge que tu te renseignes sur les personnes que je vois.
- Très bien, dit-elle un peu contrariée de ma remarque.
Je ne m'étalai pas sur la conversation et m'en allai vers ma chambre pour me préparer.
Vêtu d'un gros sweat gris, d'un simple jean et de ma casquette noir, je trainais des pieds dans les rues noires de la ville pour rejoindre la maison de Samy. J'avais dans mon sac à dos quelques affaires et une bouteille d'alcool que l'hôte de la soirée m'avait demandé de ramener en m'envoyant un message au moment où je sortais de chez moi.
Je frappai à la porte, en ouvrant un brouillard de fumée

se présentait à moi en même temps que Samy.
- Cool, te voilà enfin, commençait-il en me laissant entrer.
Il claquait la porte derrière moi avant de me présenter à toutes les personnes qui se trouvaient installées autour d'une table de salon déjà remplie de bouteilles, tous levèrent leur verre pour me saluer avant de retourner à leur discussions respectives. Tous étaient un peu éméchés.
- Au fait, tu as ramené ta bouteille ?
Je sortais de mon sac à dos la bouteille en question que j'avais achetée plus tôt dans la journée et pris le risque de lui lancer, il l'avait rattrapée sans aucune difficulté.
- Viens te joindre à nous, me proposait un des amis de Samy.
Tout en m'installant à une chaise un des mecs me servit un verre de la bouteille, elle fit ensuite le tour de la table pour remplir tous les verres posés dessus.
- Alors, Adil, parle nous de toi, commença un garçon habillé de la même manière que moi.
- Bah tu sais il n'y a pas grand-chose à savoir sur moi.
- Les amours ? Avec la gueule que tu as tu dois en avoir des filles à tes pieds.
Si seulement vous saviez.
- Laissez-le les gars, il parlera de lui quand il aura bu quelques verres, intervint Samy.
Il venait de m'éviter d'inventer un énorme mensonge, car

ce soir je voulais parler de tout sauf du sujet Alexie. Ce soir, je voulais tout simplement me changer les idées.

Après quelques heures je me trouvais dans le même état que les personnes qui discutaient autour de moi, j'avais à présent fait la connaissance de tout le monde, mais je n'étais pas sûr de me souvenir de tout à mon réveil. J'essayais de suivre chaque discussion comme je pouvais, répondre de façon intelligente comme je pouvais aussi, mais je ne pouvais pas rivaliser avec eux. Ils avaient bien plus l'habitude que moi de l'alcool et de ce genre de soirée.

Tous partirent au lever du jour en laissant les cadavres de bouteilles empilés dans le salon, Samy les saluait un par un. J'étais le dernier à passer la porte.

- Quand tu veux tu reviens Adil.

Il me fit une tape sur l'épaule avant de me laisser partir à pied. Sur la route je regardais le soleil se lever et je n'avais qu'une hâte c'était de me plonger dans mon lit sans que mes parents ne puissent me voir dans cet état. Et de ne pas imaginer le mal de tête avec lequel je me réveillerai.

12.

- JOYEUX ANNIVERSAIRE !
Je me réveillais sous ce cri d'enthousiasme, ma mère se rapprocha de mon lit avec un plateau rempli de bonnes choses pour mon petit déjeuner. Je me redressai en écartant plusieurs fois les yeux pour bien voir ce qui se trouvait sur ma couette.
- Mon bébé à vingt ans ! continua ma mère.
Je souriais et l'enlaçais pour la remercier, les odeurs de pains au chocolat et de jus d'orange se mélangeaient dans mes narines.
- Pour ce midi tu as intérêt à te faire tout beau, tu as quelques invités pour ton anniversaire.
- Qui ça ? demandais-je tout en prenant mon verre de jus d'orange dans une main.
- Surprise... annonça ma mère toute souriante en sortant de ma chambre.
Après avoir avalé tout ce que ma mère m'avait préparé, je me levai avec douceur de mon lit, la nuit a été courte, mon haleine sentait encore l'alcool, même après m'être

lavé les dents deux fois déjà en rentrant il y a quelques heures.

Je me trouvais dans la salle de bain à me préparer pour la surprise que m'avaient préparé mes parents.
- Adil, descends tes invités sont arrivés !
Je dévalai les escaliers pour enfin découvrir qui étaient ces invités, je croisai mon père au pied de la dernière marche.
- Bon anniversaire ! me dit-il en tapotant une de mes épaules
- Merci, papa.
Je m'avançai vers la cuisine et je reconnus les voix qui discutaient avec ma mère : mes trois meilleurs amis étaient là.
J'étais assis à table, installé sur la terrasse entouré de Josh, Mia et Adam, ma mère nous avaient préparé des tas de plats, chacun de mes amis se régalait. Cette journée respirait le bonheur, les rires, les blagues ratés de Josh et la nourriture, tout était parfait. Mais il manquait toujours une personne. J'imaginais Alexie assise sur la chaise vide en face de moi, je voyais les cadeaux d'anniversaire que m'avaient ramené mes amis, mais le plus beau cadeau que je pourrais recevoir ce serait d'entendre à nouveau son rire. Alors que je me re-concentrais dans une nou- velle blague que racontait Josh, quelqu'un frappa à la

porte ce qui stoppa tout le monde et fit place à un silence, je n'eus pas le temps de me lever de ma chaise que ma mère courut vers la porte d'entrée pour ouvrir. Maximilien apparut sur le pas de la porte. Tout souriant, il s'approcha et fit la bise à ma mère avant de se rapprocher de moi.

- Je ne m'attendais pas à te voir, dis-je en me levant pour le prendre dans mes bras.
- C'est ta mère qui a eu l'idée.

Je me décalai pour m'avancer vers ma mère qui était en train de refermer la porte.

- Comment tu as fait pour inviter Maximilien ? demandais-je, intrigué.
- Ce matin en allant faire les courses j'ai croisé Cailin et j'ai discuté un peu avec elle, je me suis rappelé que tu étais proche de Maximilien alors je lui ai proposé de l'inviter et elle lui a fait passer le message.
- Merci maman, merci beaucoup.

Mon gâteau d'anniversaire s'illuminait devant moi avec les bougies qui le recouvraient, tout le monde chantait cette chanson que l'on chante à chaque anniversaire.

- Il faut que tu fasses un vœu, dit Mia à la fin de leur chanson.

Je fermai les yeux et répétai en boucle ce vœu que je rêve de réaliser depuis plus d'un mois maintenant. Reviens-moi.

Je rouvris les yeux et soufflai sur mes bougies.

- Maintenant, ouvre mon cadeau, le meilleur en premier bien sûr, dit Adam en allant chercher son paquet.

Il me le tendit avant de se rasseoir sur sa chaise et je déchirai directement le papier cadeau : un t-shirt de notre équipe de basket préférée. Josh et Mia tendirent à leur tour leur cadeau : un nouveau ballon de basket.

- Maintenant tu n'as plus aucune excuse pour ne pas venir jouer avec nous, annonça Josh

Je fis le tour de la table pour les remercier chacun leur tour en les prenant dans mes bras.

- À notre tour maintenant, continua ma mère.

Elle se tenait debout à côté de mon père, elle me tendit à son tour une enveloppe. Je l'ouvris avec une grande impatience de savoir ce qui se trouvait à l'intérieur. Je dépliai la feuille et j'écarquillai les yeux en voyant ce qu'il y avait d'écrit.

- Deux semaines en Australie ! dis-je en sautant partout comme un enfant.

- Tu nous en as tellement parlé, m'annonça mon père.

- Alors voilà, tu as deux billets, tu peux partir avec qui tu veux, tu peux les échanger si un jour tu as envie de changer de destination, et ils sont valables deux ans, continua ma mère.

Je pris mes parents dans mes bras, un de mes rêves allait enfin se réaliser, j'allais pouvoir visiter les plus beaux

endroits de ce pays.
- Mais c'est moi qui devais offrir le meilleur cadeau, dit Adam à Josh, déçu.
- Bon, mangeons le gâteau ! annonça mon père.
On se ré-installa tous à table.
- Attends Adil j'ai aussi un cadeau, m'annonçait Maximilien en sortant un petit paquet de son sac. Enfin, il ne vient pas de moi mais bon...
Je pris le petit paquet bordeaux entre mes mains et l'ouvris, c'était un bracelet en or avec gravé en dessous "A&A" en noir. Je pris le bracelet dans une main et examinai chaque recoin, les larmes montèrent, une lettre était glissée dans la boîte.

Mon plus bel amour,
(S'il te plaît s'il y a des personnes autour de toi, ne lis pas ça à haute voix, je ne veux pas me sentir ridicule.)
Aujourd'hui est un jour spécial, j'espère qu'il sera parfait pour toi, que j'aurais tout fait pour que tu n'oublies jamais cette journée. Je sais que je ne suis pas assez expressive, que je ne te dis pas assez tout ce que je te dois, qu'un simple merci ne vaut rien par rapport à tout ce que tu as pu faire pour moi et pour me rendre heureuse. Je me sens tellement bénie de t'avoir et je te suis tellement reconnaissante. Tu as su me redonner la définition de ce mot en qui j'avais perdu tout espoir. L'amour. Tu m'as

soutenue, jamais lâchée quand tu me voyais me faire du mal. J'ai dû refaire cette lettre des dizaines de fois, je ne suis vraiment pas faite pour montrer mes sentiments, mais une chose est sûre c'est que je t'aime, tu es mon premier amour et jamais je ne pourrais t'oublier. Je tiendrai ma promesse rien que pour continuer de voir ton regard se poser sur moi.

Bon anniversaire mon Adil.

P-S. : J'espère que le cadeau te plaira, je sais que c'est un peu cliché, mais je veux être sûre que tous ces jours où je ne te dirais pas "je t'aime" tu aies une déclaration d'amour de ma part.

- Cela fait des mois qu'elle cache ton cadeau dans sa penderie, elle m'en avait parlé une fois quand j'étais encore en mission, elle ne savait pas si ça allait te plaire, elle m'a dit qu'elle avait cherché pendant des jours pour trouver cette idée. Il sortit un petit rire. Elle voulait tellement te faire plaisir.
Une larme coulait sur une de mes joues, j'écoutais Maximilien tout en restant ébahi devant la lettre d'Alexie.
- Bon et bien c'est officiel je n'ai pas offert le meilleur cadeau, ajouta Adam, encore plus vexé.

Josh posa une main sur l'épaule d'Adam en essayant de ne pas trop se moquer de son comportement enfantin.

13.

Nos initiales gravées. Je ne pouvais avoir meilleur souvenir d'elle. Son cadeau était maintenant à mon poignet et ne le quitterait pour rien au monde.
Sa lettre sous mon oreiller, j'avais l'impression d'avoir à nouveau son odeur près de moi grâce à la feuille de papier. Je connaissais son écriture par cœur, je posai mon regard sur chacune des lignes écrites, encore et encore jusqu'à la connaître par cœur. Il était dix heures, j'entendais mes parents ranger le salon. Les autres sont partis dans la nuit après avoir discuté des heures. Adam, Josh et Mia ont pu faire la connaissance de Maximilien et ma mère a pu en savoir un peu plus sur Alexie. Maximilien s'est fait une joie de raconter des histoires d'enfance, des histoires qu'Alexie avait aimé me raconter elle aussi. Des grasses matinées à l'avoir près de moi, moi lui caressant les cheveux en l'écoutant et elle me racontant tous ces souvenirs, avec son frère, sa mère et bien sûr son père. Elle ne se lassait jamais de sourire en parlant d'eux et moi j'essayais d'imaginer dans ma tête chaque moment

qu'elle me détaillait.

Je relevai ma tête pour cette fois prendre le journal intime d'Alexie caché sous mon oreiller lui aussi, je me redressai et recherchai une nouvelle page à lire.

"Aujourd'hui Adil m'a emmenée loin de tout, dans un endroit inconnu et magique à la fois, il m'a aidée à expulser des douleurs dont j'ignorais l'existence."

"... son regard est si différent, si protecteur, doux. Je ne peux pas m'en lasser."

Je lâchai un sourire avant de le refermer. Cela me changeait des autres passages, celui-ci ne parlait ni de la disparition de son père, ni de l'indifférence de sa mère à son égard et surtout pas de scarification. C'était peut-être un signe pour la journée qui s'annonçait, une journée avec seulement des bons moment, rien d'autres.

- Encore merci maman pour cette soirée, dis-je.

Assis à la table de la cuisine je buvais ma tasse de chocolat chaud, face à moi ma mère qui buvait elle son thé du matin.

- Je t'en prie mon chéri, dit-elle après une gorgée, toute souriante.

Je fini mon chocolat chaud, me levai et laissai ma tasse dans l'évier avant de quitter la cuisine pour rejoindre une nouvelle fois ma chambre. Après avoir pris une bonne douche chaude et m'être habillé d'un ensemble de jogging, je me sentis d'attaque pour faire un footing. Ecouteurs aux oreilles j'arpentais encore les décors qu'offrait ma ville.

Arrêté au Starbucks, je m'étais cette fois-ci assis à une table pour reprendre mon souffle, un footing après deux soirées agitées n'était pas l'idée du siècle. Un couple se trouvait à la table ou Alexie m'avait emmené la première fois, ils étaient exactement comme nous, à se chamailler, rire et se regarder tendrement. Mon regard alternait entre le couple et la grande vitre qui donnait sur la rue à côté de moi. Après dix minutes d'échange entre le couple et la vitre, je me concentrai sur la vue des passants dans la rue, cette journée ensoleillée avait fait sortir les habitants de la ville tôt pour profiter des premiers rayons du soleil, même une bande de cinq garçons qui sortait sûrement d'une grosse soirée à en voir leurs yeux. Par la vitre Samy me reconnut et me saluait de la main avant de se diriger vers l'entrée du Starbucks.
Fidèle à lui-même, Samy rentrait sans discrétion, il aime avoir les regards posés sur lui, surtout ceux des filles ce qui finissait parfois par lui apporter des ennuis. Accom-

pagné de ses amis ils commandèrent tous leurs boissons et me rejoignirent. Ils s'assirent auprès de moi sans me demander mon avis.

- Comment vas-tu Adil ? commença Samy en me tapant le dos.
- Bien, merci, répondis-je en finissant mon jus d'orange.
- T'aurais dû venir hier soir mec, c'était une pure soirée, raconta un des mecs face à moi.
- J'étais pris malheureusement.
- Ce soir tu es obligé de venir chez moi, on remet ça, dit Samy
- Encore ? demandai-je

Mais quand est ce qu'ils se reposent ?

-Bien sûr, répondit un autre mec de la bande.

Tous éclatèrent de rire à ma réaction.

- Tu vas voir, tu vas t'y habituer, me dit Samy avant d'avaler la moitié de sa boisson.
- Bon les gars on y va ?
- Adil à ce soir ! finit Samy sans me laisser le temps de rétorquer.

Tous se levèrent, en tout ils étaient restés à peine 2 minutes pour ensuite repartir dans la rue sans passer inaperçus : l'un montait sur le dos de l'autre sans le prévenir ce qui était à la limite de le faire tomber, un autre essaya de se frayer un chemin entre le groupe et les passants, en faisant tomber les sacs de courses d'une femme en même temps. Il lança juste un "désolé" avant de partir avec la troupe sans prendre la peine de lui venir en aide.

Je sortis à mon tour du café après avoir assisté à cette scène et rejoignis la femme accroupie dans la rue qui essayait de regrouper toutes ses courses. Je ramassais au passage deux boîtes de conserves qui avait roulé un peu plus loin.

- Attendez madame je vais vous aider.

La personne leva les yeux vers moi pour savoir à qui elle avait à faire, je me baissais et remettais dans un de ses sacs le reste des boîtes et autres aliments qui étaient encore sur le sol. Après avoir tout remis dans les sacs on se releva en même temps.

-Merci beaucoup jeune homme, heureusement que tous les jeunes ne sont pas comme le crétin qui m'a bousculée, dit-elle en prenant ses deux sacs en mains.

Elle reprit son chemin et moi je repris le mien pour retourner chez moi en finissant mon footing. Rentré, tout en sueur, je retirai mon tee-shirt et montai au premier étage pour prendre une douche. Je passai le reste de la journée à aider ma mère en attendant le soir pour me préparer.

Je me retrouvai avec Samy et ses amis, encore autour d'une table remplie de bouteilles d'alcool et de tabac renversé par les maladresses des plus alcoolisés, quand la sonnette de la maison retentit.

- C'EST OUVERT ! cria Samy sans prendre la peine de se lever de sa chaise

Des filles débarquèrent, toutes apprêtées comme si nous sortions en boîte. Chacune des filles fit le tour de la table pour nous faire la bise. La dernière fille arriva près de moi.

- Salut Adil.

Alicia, le retour. La soirée se promettait très longue.

Elle s'assit à côté de moi, Samy avait ramené des verres pour servir les filles et pour m'en servir un second en même temps. J'avais bien vu les regards que s'échangeaient Samy et Alicia, tout cela était un coup monté entre eux deux. Elle se collait à moi, posait de temps en temps sa main sur ma cuisse, je continuai de la recaler toute la soirée. Et on continuait de remplir mon verre.

Samy monta sur la table et siffla un grand coup pour que le silence se fasse dans la foule.

- Bon les gars, vous avez chacun un mètre de shooters, les deux premiers qui auront fini auront gagné, et les perdants en guise de gages devront se faire tatouer, annonçais Samy. Et Adil tu participes.

Je m'étouffais avec la gorgée d'alcool que je venais de prendre, je posai mon verre et me levai de ma chaise.

- T'es sûr que ce n'est pas risqué ? demandais-je en me rapprochant de lui.

- Essaye juste de ne pas perdre, répondit Samy en me

tapant dans le dos.
- Merci pour le conseil, dis-je sans être rassuré.
Je me plaçai devant mes shooters, ainsi que mes adversaires.
- 3,2,1... GO !
Comme les autres participants, je me jetai sur chaque shooter un par un.
- STOP !
Je n'avais pas encore bu mon quatrième verre que les deux premiers avaient déjà terminés.
- Nous avons nos vainqueurs !
Je m'attendais au pire pour la suite de la soirée.
- Réfléchis bien à ton futur tatouage, mon cousin arrive dans dix minutes, me dit Samy, téléphone en main.
- Attend, attend c'est ton cousin qui va me tatouer ? demandais-je.
- Oui, mais t'inquiète c'est un professionnel.
Je regardai l'autre garçon qui avait perdu avec moi se faire tatouer, allongé sur le canapé, entouré par tous les invités de la soirée.
- Et voilà, c'est terminé pour toi.
Son épaule était recouverte d'une énorme tête de mort, il frappait dans les mains de ses amis fiers de lui.
- Au prochain ! annonça le tatoueur en s'occupant du matériel qui était à côté de lui.
- Alors tu as réfléchi ? demanda Samy.

Je hochai la tête et retirai mon t-shirt avant d'aller à mon tour m'allonger sur le canapé.
- Et pour toi ça sera quoi ?
- Je voudrais la lettre 'A', ici, dis-je en montrant le côté droit du bas de mon ventre.
L'homme me regarda sans bouger pendant quelques secondes.
- D'accord, dit-il en haussant les sourcils.
Les autres étaient toujours autour de moi, sans oublier Alicia qui ne me lâchait pas du regard. Je jetais un coup d'œil de temps en temps sur le tatouage, l'alcool que j'avais dans le sang m'empêchait de ressentir la douleur.
- C'est bon.
Je me relevai et cherchai mon t-shirt pendant que les autres s'éloignaient pour aller danser.
- Un 'A' ? La première lettre de ton prénom sérieux ? demandais Samy en me donnant mon t-shirt.
J'enfilais mon t-shirt pendant que Samy finissait son verre.
- Franchement Adil, je te pensais plus courageux que ça.

Je regardais Samy retrouver ses amis et se servir à nouveau un verre et Alicia elle, ne me lâchait toujours pas des yeux.

Qui a dit que le A était pour mon prénom.

14.

- Tu sors encore ce soir ? demanda ma mère en me voyant réajuster le col de ma veste en cuir tout en descendant les escaliers.
- Oui ! répliquais-je.
- Tu ne penses pas que tu sors un peu trop ?
- Ecoute maman il faudrait savoir, c'est toi qui m'as poussé à sortir de la maison pour me changer les idées !
- A sortir oui, mais à reprendre tes études aussi ! dit-elle en haussant le ton.
- On en reparlera plus tard.
- Tu n'as pas intérêt à rentrer ivre comme cette nuit ! dit-elle toujours sur le même ton.
- J'y vais ! dis-je en claquant la porte d'entrée derrière moi.

Il est vrai que depuis quelques jours je passais mes soirées chez Samy et que je rentrais à chaque fois tôt le matin avant que mes parents se lèvent, sous l'effet de l'alcool. Plusieurs matins j'ai eu des trous noirs de mes soirées et de comment j'ai pu rentrer chez moi à pieds.

Je ne contrôlais plus grand chose, une fois de plus, je buvais mon verre et allais danser avec une des filles de la soirée, à chaque fois que je retournais à ma place à côté de Samy, il faisait en sorte de remplir mon verre d'alcool encore et encore. Et le plus improbable dans tout ça c'est que l'alcool ne me dégoutait plus. Je buvais mon verre d'une traite, comme s'il était rempli d'eau. Au moment où je discutais avec une inconnue assis à la table du salon, je voyais Samy assis un peu plus loin toujours sur son canapé accompagné lui aussi d'une fille. Apparut une fille qui elle ne m'était pas inconnue, en poussant mon regard je pu apercevoir Mia. Elle n'était pas du tout en accord avec le décor, tout le monde s'amusait et elle, elle restait plantée dans un coin sans quitter d'un œil Samy et la fille. Je posai mon verre sur la table et m'avançai vers Mia en m'excusant de laisser en plan cette fille dont je ne savais même plus le prénom.
Mia écarquilla les yeux en me voyant arriver vers elle. Autant dire c'était étonnant de la voir dans ce genre de soirée, elle qui détestait les gens qui pensent qu'il faut boire pour s'amuser, elle était malheureusement pour elle, entourée par ce genre de personnes ici.
- Mais, qu'est-ce que tu fais là ? me demanda-t-elle sous le choc.
- Et toi ? demandai-je à mon tour.

- J'accompagne ma cousine, Gladys, dit-elle en montrant du doigt et en regardant la fille qui parlait avec Samy. Et toi ?
- Samy m'a invité.

Elle avait quitté des yeux sa cousine, perturbée par ce que je venais de lui dire.
- Quoi ? Mais Josh t'avait bien dis d'éviter ce mec !
- Je ne suis pas obligé de faire tout ce que Josh me dit de faire et puis c'est juste une soirée.
- Tu as bu de l'alcool, ça fait maintenant un an que je te connais et j'ai fait énormément de soirées avec toi, tu n'avais jamais bu plus d'une bière jusqu'à maintenant.
- J'ai juste bu deux ou trois verres, dis-je en essayant de dédramatiser les choses.
- Pour l'instant, dit-elle.
- Et justement Josh est courant que toi tu es là ?
- Oui bien sûr, il n'était pas d'accord mais Gladys ne l'a pas lâché pour qu'il accepte que je l'accompagne, elle voulait absolument que je vienne avec elle, depuis qu'elle a vu Samy elle est obsédée par lui, j'ai beau lui dire que ce n'est pas un mec bien elle est persuadée que c'est le mec qui lui faut.
- Elle va tomber de haut.
- Je serai là pour la réconforter, comme toujours.
- Et Josh il fait quoi de sa soirée ?
- Il doit sûrement jouer à la console et je t'avouerais que

pour une fois j'aimerais bien m'ennuyer à le regarder plutôt que d'être ici, répondit Mia.

On s'intéressait tous les deux au moindre faits et gestes de Samy et Gladys, ils rigolaient tous les deux, Samy avait par moment des gestes affectifs pour elle, ce qui je suppose ne lui déplaisait pas. Il la faisait boire dans son verre aussi ce qui, ça, déplaisait à Mia
- Tu sais s'il y a de l'eau ici parmi ces bouteilles d'alcool ? m'interpella-t-elle
- Suis moi dans la cuisine.
En me dirigeant vers la pièce, je récupérai mon verre encore à moitié plein, la fille qui me tenait compagnie il y a quelques minutes était encore là, elle m'attendait sûrement au vu de son sourire qui s'était dessiné à mon arrivée vers elle et au fait qu'il disparut aussi vite en me voyant partir vers la cuisine, je m'étais détourné pour voir sa réaction.
Mia fouillait dans les placards pour trouver un verre.
- Il n'y a plus aucun verre.
- Il y a des gobelets en plastique sur le comptoir, dis-je.
- Merci.
Après s'être servie un verre en le remplissant au robinet elle alla s'adosser au mur qui séparait la cuisine du salon afin de garder à nouveau un œil sur sa cousine. Je m'adossai à mon tour à côté d'elle en buvant une gorgée de

mon verre.
- Tu ne penses pas que tu as assez bu ? me fit-elle remarquer.
- Toujours moins que ta cousine, lui fis-je remarquer à mon tour.

Gladys venait une nouvelle fois de boire dans le verre de Samy et à voir comment elle rigolait, elle n'était pas totalement dans son état normal.
- Et ne t'en fais pas pour moi.
- Tu ne peux pas me demander ça, tu es le meilleur ami de mon copain, s'il te voyait ici et comme ça, il s'inquièterait encore plus pour toi.

Même en me parlant elle ne lâchait pas sa cousine des yeux.
- Peut-être que j'ai besoin de ce genre de moment pour penser à autre chose, rétorquai-je.
- Je n'en suis pas convaincue.

Mia c'était redressée d'un coup et partit en trombe vers sa cousine, tout en bousculant certaines personnes qui se trouvaient sur son passage. Gladys se dirigeait main dans la main vers l'escalier avec Samy. Je les rejoignais.
- Gladys, on va rentrer maintenant, annonça Mia qui sentait la tournure qu'allait prendre la situation si elle n'intervenait pas.
- Mais Mia... bégayait Gladys sous l'effet de l'alcool.
- Tu peux attendre encore une heure ou deux, non ? s'im-

posa Samy en essayant de continuer son chemin en tenant encore la main de Gladys.
- Je suis vraiment fatiguée Gladys...
- Elle peut rentrer toute seule, non ? dit Samy en s'imposant à nouveau.
- Laisse Mia rentrer avec sa cousine Samy, elles reviendront une prochaine fois, dis-je en essayant de venir au secours de Mia.
Elle me lança un regard et un sourire en guise de remerciement.
- Allez Gladys on y va.
Mia pris le bras de Gladys et l'emmenait vers la porte d'entrée. Quand je vis qu'elle avait du mal à raccompagner sa cousine, je décidai d'aller l'aider.
- Adil ? cria Samy derrière.
Je me retournai vers lui.
- La prochaine soirée est demain soir.
Je lui fis un signe de tête pour lui faire comprendre que j'en serai.
Mia me raccompagna chez moi avec sa voiture, Gladys s'était endormie allongée sur la banquette arrière.
- Tu sais Adil, traîner avec Samy n'arrangera rien.
- Peut-être mais comme je te l'ai déjà dit, cela me fait oublier certaines choses.
- Pendant combien de temps ? me demanda-t-elle en restant concentrée sur la route.

- Pas assez de temps...
- Je sais que je ne suis personne pour te conseiller quoi que ce soit, mais l'alcool ne résoudra rien.
Je restai muet face à ce qu'elle venait de me dire.
- Je ne veux pas que tu deviennes comme Samy c'est tout, continua-t-elle.
On venait d'arriver devant chez moi, j'enlevai ma ceinture et me retournai vers Mia.
- Merci de m'avoir déposé.
- Je t'en prie.
J'ouvris la portière de la voiture pour descendre et la refermai derrière moi. Je me retournai et vis que Mia était toujours là, elle était avec son téléphone. Je fis demi-tour pour toquer à la vitre du côté passager, elle fit glisser la vitre à la moitié. Je déposai ma main sur le bord ainsi que ma tête pour être à hauteur de Mia.
- Tu ne diras rien à Josh ? lui demandai-je, inquiet de sa réponse
- Cela restera entre nous, mais promets moi de faire attention à toi et d'éviter le plus possible ce Samy.
Je jetai un œil à Gladys qui dormait toujours.
- Tu devrais dire le même discours à ta cousine.
- Je m'en ferai une joie quand elle sera dans un meilleur état, répondit Mia en rigolant.
- Je vous entends vous savez, ajouta Gladys tout en restant allongée les yeux fermés.

Je me tournai vers Gladys ainsi que Mia tout en riant à sa réaction. Je reculai de la voiture pour les laisser rentrer dormir. Mia me fit un dernier signe auquel je répondis et les vis s'éloigner dans la nuit.

15.

Je sortais de ma chambre pour aller me servir un verre d'eau dans la cuisine après m'être réveillé assoiffé, quand j'entendis mes parents discuter dans le salon. Je m'assis sur la première marche du haut pour écouter plus attentivement.
- Je refuse de partir quelques jours en vacances en laissant Adil dans cet état !
- Il a simplement besoin de faire le deuil par lui-même.
- En sortant tous les soirs ? En buvant ? En étant avec des personnes peu fréquentables ? Je suis désolée mais tant que notre fils est comme ça, je ne le laisserai pas.
- Et tu penses que c'est en étant sur son dos qu'il va aller mieux ?
- Mais tu ne vois rien ou quoi ?
- Bien sûr que si et je sais dans quelle passe il est, il a besoin de sortir et de voir autre chose que les quatre murs de sa chambre.
- Et s'il touche à la drogue ?
- Non il saura s'arrêter avant.

- Tu es sûr de toi ?

Il se contenta d'hocher la tête et de prendre ma mère dans ses bras pour la rassurer comme il le pouvait.

-Tu te rends compte que j'ai croisé Cailin aujourd'hui, elle m'a demandé des nouvelles d'Adil, je ne me voyais pas lui répondre qu'il ne communiquait plus avec nous et qu'il passait son temps à sortir.

-Je ne sais pas quoi te dire de plus.

Ma mère serrait mon père un peu plus contre elle en caressant son dos avec ses bras pour se réconforter un peu plus.

- Donc j'imagine que j'annule le voyage ? reprit mon père sans lâcher ma mère de son étreinte.

Elle s'éloignait de lui en remettant le col de sa chemise correctement.

- Je ne serai pas sereine d'être loin d'Adil, pas tant que je le sentirai mal, finit-elle avant de le regarder dans les yeux.

Mon père acquiesçait une nouvelle fois sans sortir un son de sa bouche.

- Je vais me coucher, reprit ma mère.

Elle embrassa mon père et se dirigea vers les escaliers pour aller rejoindre sa chambre. Je me levai d'un coup et repris le chemin de ma chambre sans qu'elle ne s'aperçoive de ma présence.

Je regardai mon téléphone, il était 21 heures et alors que

ma mère elle allait se coucher moi j'allais me préparer pour une autre soirée.

Après avoir pris ma douche tout en faisant le moins de bruit possible pour ne pas déranger ma mère dans son sommeil, je m'habillai avant de quitter ma chambre avec mon sac à dos et la bouteille de Samy à l'intérieur.
Je refermai la porte derrière moi avec délicatesse et empruntai les escaliers en continuant d'être délicat, mais au milieu des escaliers je pu apercevoir que la lumière était toujours allumée en bas et que mon père était dans le salon à lire son journal. J'étais persuadé qu'il aurait rejoint ma mère au moment où j'étais sous la douche.
- Tu ne dors pas ? demandais-je.
- Non, je voulais prendre un moment pour lire le journal et pour réfléchir… Où comptais-tu aller comme ça ? me demanda-t-il, la tête tournée dans ma direction.
- En fait il y a une soirée d'organisée chez un ami, je pensais que j'aurais pu y faire un tour.
- Avec des bouteilles d'alcool dans ton sac ?
J'enlevais une bretelle de mon sac pour voir si une bouteille dépassait, mais rien, comment a-t-il pu deviner ?
- Co... Comment...
- J'ai été jeune moi aussi Adil, me répondit-il en se remettant à la lecture de l'article qu'il avait commencé.
- Est ce que je peux y allez du coup ou... ?

Tout en continuant de lire son journal il lança un coup de tête vers la porte d'entrée pour me répondre.
- Attends Adil.
Je lâchai la poignée de la porte toujours fermée et me retournai vers mon père qui avait lâché son journal.
- Dis-moi, que fais-tu de tes soirées ? me demanda-t-il en croisant les bras.
- Bah, rien de spécial quoi...
Il savait que c'était un mensonge, je le voyais à son regard, il ne me lâchait pas, comme s'il lisait la vérité dans mes yeux.
- Tu sais que j'ai eu ton âge, que j'ai connu les mêmes soirées que celles que tu organises avec tes amis.
Amis, c'est un grand mot.
- Tu sais, tu penses que cela t'aide à passer à autre chose, mais c'est l'influence qu'a ce groupe sur toi qui te fait penser ça.
Je m'apprêtais à reprendre la poignée de la porte en main pour sortir mais une question me trottait en tête.
- Toi aussi tu es devenu ce genre de personne quand ton premier amour t'avait quitté ? lui demandai-je.
- Quel genre de personnes ?
Il semblait intrigué par ma question.
- Je veux dire, à essayer de te fondre dans la masse, à vouloir essayer des choses que tu n'aimes pas spécialement, parce que eux ont l'air d'être toujours heureux, que

rien ne peux les atteindre.

- J'ai essayé oui et j'ai vite compris que le monde de ce type de personne n'était pas le mien.

- Pourquoi ?

- Tout simplement parce qu'ils ne me considéraient pas comme leur ami, ils essayaient simplement de me rendre comme eux parce qu'ils pensent que c'est eux les plus cool.

-...

- Tu n'es pas ce genre de garçon, tu en est très loin, tu as juste besoin de le comprendre en essayant de passer du temps avec eux.

- Et qui te dit que je ne vais pas devenir comme eux ?

- Parce que tu vaux bien mieux que ça, tu es perdu en ce moment dans ta vie, tu as perdu un être cher dans un moment où tu te pensais invincible, mais je suis certain que tu vas avoir ce déclic qui va t'aider, reprit-il.

- Pourquoi tu ne m'empêches pas de sortir si tu sais ce que je vais faire ?

- Tes grands-parents ont voulu plusieurs fois me punir de sorties et à chaque fois je faisais le mur, je sais très bien que si j'agis pareil tu feras pareil que moi à ton âge.

- Futé, répondis-je.

Pour la énième fois j'essayai de passer le seuil de la porte, mon père lui se replongea dans son journal, je lâchai la poignée et enlevai mon sac à dos avant de m'as-

seoir en face de mon père. Il baissa le journal qu'il avait placé face à lui pour me faire face.
- Qu'est-ce que tu fais ?
- Je préfère rester avec toi discuter ce soir, dis-je fier de ma décision.
- Tu préfères passer une soirée ennuyeuse avec ton père plutôt que d'aller boire un verre avec tes amis ? demanda-t-il amusé.
J'acquiesçais.
Après avoir envoyé un message à Samy pour le prévenir que je n'étais pas disponible ce soir j'enlevai ma veste et me mis à l'aise pour continuer à parler avec mon père.
- Je sais que tu n'aimes pas en parler mais tes études dans tout ça ?
- Je ne sais pas du tout ce que je veux faire plus tard.
- Il y a quelques mois tu parlais encore de venir travailler dans mon entreprise.
- Oui c'est vrai.
- Ecoute, qu'importe ce que tu fais comme étude mais il est hors de questions que tu restes à ne rien faire.
- Ce n'est pas ce que je veux faire.
Deux heures plus tard je me trouvais toujours à la même place, dans le salon avec mon père, je caressais de mes doigts le carnet d'Alexie qui se trouvait sur mes cuisses. Après avoir écouté une nouvelle fois l'histoire de mon père avec cette fois-ci plus de détails, j'ai voulu à mon

tour me confier et lui faire connaître l'existence de ce journal que je lisais un peu plus tous les jours.

"Cela fait deux semaines que je ne me suis pas fait une seule cicatrice et je n'en ressens même pas l'envie. Je tiendrai cette promesse pour lui, pour le garder dans ma vie."

- J'ai peur en avançant dans son journal, je ne sais pas si elle a écrit le jour de sa...
Ce mot était toujours aussi dur à sortir.
- Tu n'es pas obligé de lire la dernière page, mais elle t'aidera sûrement à faire le deuil, c'est peut-être ça dont tu as besoin, savoir si le jour où elle est partie elle t'en voulait réellement ou non, dit mon père.
Je refermais le carnet et relisais pour la énième fois chaque mot écrit dessus avec soins.
Un jour je me sentirai prêt à savoir si oui ou non elle est partie en me détestant, et si c'est vrai, je me sentirai encore plus coupable de sa mort.

16.

Ma tête était habitée par une bombe qui donnait l'impression qu'elle pouvait exploser à n'importe quel instant. Je descendis difficilement les escaliers pour atteindre la cuisine, j'espérais naïvement que mon petit déjeuner et un médicament pourrait mettre fin à ce calvaire en peu de temps. Prêt à m'installer à table pour déguster mon petit déjeuner déjà préparé, je n'avais même pas remarqué la présence de ma mère dans la pièce, si silencieuse par rapport à d'habitude.
- Bonjour, maman.
Dos à moi, sans réponse elle se retourna pour me déposer un verre d'eau sur la table avec un médicament, tout cela sans me regarder.
- Ecoute moi Adil, tu dérailles complètement. Tu sors tous les soirs sans que l'on sache où tu es, et tes études ? Tu comptes les reprendre quand ? Demanda-t-elle en s'asseyant sur la chaise en face de moi.
Je ne fis pas attention à ses remarques et commençai mon petit déjeuner.

- Même si je n'ai jamais eu cette chance de rencontrer Alexie, elle hurlerait de honte de voir ce que tu es devenu.

Je la regardai avec énormément de haine, elle n'avait pas le droit de dire ça, c'était injuste de parler au nom d'Alexie, je suis conscient qu'elle n'aimerait pas me voir comme ça, moi-même je n'aime pas me voir comme ça, mais de passer à autre chose du jour au lendemain, faire comme si de rien n'était, c'est impossible pour moi.

- Tu n'as aucun droit de parler à sa place, dis-je en retenant mes nerfs en serrant mes poings.

- C'est pourtant la vérité, Alexie détesterait te voir comme ça, tu crois que c'est en trainant avec n'importe qui et en buvant que tu vas te remettre de sa mort ?

Je n'avais jamais vu ma mère dans cet état, mon regard était toujours rempli de haine, mais elle, elle avait un regard qui voulait me faire me sentir honteux, honteux de mon comportement et de mes sorties.

- Maman ! dis-je en me levant de ma chaise.

- Réagis Adil, je sais que c'est une épreuve douloureuse mais tu dois te relever, reprendre ta vie en main, je suis sûre que si elle t'aimait elle voudrait te voir heureux aujourd'hui.

- Je n'arrive pas être heureux sans elle, comprenez-le !

Je me levai et pris le chemin du retour vers ma chambre, enfoui dans mon lit personne ne pourrait me déranger et me rappeler encore une fois que j'avais perdu mon premier amour.

Je me fis réveiller par la sonnerie de mon téléphone qui était caché dans mon lit, je glissais mon bras sur le drap, sans avoir le courage d'ouvrir les yeux pour trouver mon téléphone, je décrochais après l'avoir enfin attrapé.

- Allô ? commençai-je
- Adil, c'est Samy, ce soir on se rejoint au bar en bas de ma rue !
- Je ne sais pas si je vais pouvoir.
- Quoi ? Mais pourquoi ?
- Ma mère ne va pas être d'accord pour que je sorte encore ce soir…
- Tu es sérieux ? Mec, tu es majeur tu fais ce que veux.
- On verra... dis-je en me frottant les yeux.
- Trouve une excuse, on se retrouve là-bas pour vingt-deux heures.

Samy avait raccroché directement après sa phrase, mon réveil affichait dix neuf heures, l'heure du diner.

- Adil, on mange !

Je piétinais en tournant en rond dans ma chambre quelques secondes pour trouver un moyen de sortir ce soir sans aucune dispute ou leçon de moral.

Assis à ma place dans la cuisine, mes parents avaient déjà commencé à manger, le calme envahissait toujours la pièce, j'avais l'impression de revenir au matin même, rien n'avait changé. Seul le bruit des couverts qui cognaient par moment aux assiettes se faisait entendre. Plusieurs fois je prenais mon courage à deux mains pour demander la permission de sortir ce soir, mais les regards lancé par ma mère me décourageaient vite. La discussion du matin entre ma mère et moi résonnait dans ma tête, je savais très bien sa réponse après tout, je ne pourrais pas sortir de la maison avec son autorisation.

Musique dans ma chambre, seulement éclairé par la lampe de mon bureau, je venais de finir de me préparer. J'envoyai un message à Samy pour le prévenir que je serai bientôt au rendez-vous , mis quelques billets dans une de mes poches de devant et mon téléphone dans l'autre.
- Tu dors Adil ? demanda mon père à travers la porte de ma chambre.
- Bientôt.
- Bonne nuit alors.
- Toi aussi papa.
Je collai mon oreille à la porte pour l'entendre s'éloigner jusqu'à entendre sa porte s'enclencher. Je soufflai un grand coup. Ma paire de chaussure dans une main, j'empoignai la porte de ma chambre avec l'autre. Toujours accompagné de mon sac à dos, les bouteilles d'alcool claquaient entre elles à l'intérieur, ce qui me fit grincer les dents : l'idée que maman se réveille et me voie faire

le mur me glaçait le sang.

Sorti de chez moi, j'enfilai mes chaussures et me dépêchai de rejoindre Samy.

« Rejoins-nous au bar directement. »

Après avoir lu ce message je changeai de trajectoire pour les rejoindre au nouveau point de rendez-vous.

Je rentrai dans le bar, je n'y avais jamais mis un pied avant ce soir, la troupe était réunie dans le fond, tous trinquèrent avec des verres d'alcool. Je m'approchai d'eux et saluai Samy en premier avant de faire le tour des personnes. Toujours les mêmes garçons mais jamais les mêmes filles. Ils étaient presque tous bien accompagnés et moi je me retrouvais seul avec mon verre à la main à les regarder les uns après les autres.

- Samy, pourquoi tu m'as demandé de prendre tes bouteilles si on passe la soirée ici ? demandai-je

- Tu crois qu'on va passer toute la soirée ici ? Après la fermeture du bar on va tous chez moi, me répondit-il sur un ton ironique avant de rejoindre un de ses amis.

Les portes claquèrent, tous se retournèrent vers le boucan qui arrivait : un groupe de jeunes, identique au nôtre, entrait dans le bar à son tour.

- Qu'est-ce qu'il fait ici ? annonça Samy en regardant une personne en particulier.

Séparé de Samy j'avais tout de même entendu ce qu'il venait de dire, et alors que les autres ne faisaient plus attention à ce groupe installé non loin de nous, je m'approchais de Samy pour en savoir plus.
- Qui c'est ?
Samy pris une énorme gorgée de son verre, secouait un coup sa tête pour mieux faire passer l'alcool dans sa gorge.
- Tu vois ce mec ? me demanda-t-il en me pointant du doigt la personne qu'il avait fixée quelques minutes auparavant.
Je hochais la tête en prenant à mon tour une gorgée de mon verre.
- C'est Blaise, il y a quelques semaines il m'avait défié à un jeu d'alcool à une soirée, celui qui buvait le plus de verres en peu de temps avait gagné. J'ai perdu et depuis à chaque fois que l'on se croisent il me le rappelle, mais je n'ai pas dit mon dernier mot.
Il s'avança vers le fameux Blaise, un blond assez grand, habillé du même style que tous les mecs qui se trouvaient dans ce bar : t-shirt trois fois trop long, jean déchiré aux genoux ainsi que des baskets aussi flashy que les robes moulantes des filles qui l'accompagnaient.
- Comment vas-tu mon Samy ? commença Blaise en voulant poser sa main sur une des épaules de son interlocuteur.

Samy lui, s'écarta pour qu'il ne l'atteigne pas.
- Je veux ma revanche.
- Quand tu veux !
- Maintenant.
- Les gars, allez demander au barman de nous préparer plusieurs shots, dit-il à un de ses amis, sans lâcher Samy du regard.
Cet ami en question se faufila vers le bar pour commander les verres, et rapporta une vingtaine de verres sur un plateau. Les deux adversaires s'installèrent devant une table tandis que nous nous rassemblions devant eux, un contrôlait le chronomètre avec son téléphone, d'autres filmaient et moi je me plaçai derrière tout le monde, complètement à part de ce qui allait se passer. Après que Samy et Blaise aient chacun leurs dix verres devant eux, ils se préparèrent mentalement.
- 3,2,1, PARTEZ ! cria l'une des personnes qui filmaient.

Tous les deux sautèrent sur les verres alignés devant eux, tous étaient à fond devant cette scène, tous encourageaient leur leader.
Après des secondes où tous retenaient leurs souffles comme si leurs vies en dépendaient, le premier à avoir fini fut de nouveau... Blaise. La première défaite était dure à avaler pour Samy, alors une seconde n'était pas acceptable, alors que Blaise frappait dans les mains des

personnes de son groupe pour fêter sa nouvelle victoire, Samy lui, ne le lâchait pas avec son regard de haine. Au moment où je compris que Samy allait perdre, je sus que ça allait prendre des proportions extrêmes. Sans que personne ne puisse comprendre quoi que ce soit, Samy avait sauté sur Blaise et commençait à le frapper avec ses poings. Alors que je voulu les rejoindre pour essayer de les séparer, un des garçons du clan adverse se mit sur mon chemin pour m'empêcher de m'approcher.
- Il faut les séparer ! dis-je en ne comprenant rien à la réaction de la personne en face de moi.
Il fit mine de ne rien entendre, et en voyant que personne n'essayaient de les empêcher de se frapper, je bousculai le garçon en face de moi et attrapai Samy par un bras pour essayer de le relever.
- Arrête Samy !
Le garçon qui m'avait bloqué le passage quelques secondes avant me mit un coup de poing en plein visage. Assommé, je mis du temps à réaliser qu'il avait atteint mon arcade gauche avec son poing. Je me jetai à mon tour sur mon adversaire et le frappai pour me venger. Cette ambiance était interminable, les filles qui accompagnaient les deux groupes avaient disparu les unes après les autres, effrayées par ce qu'il se passait sous leurs yeux. Les garçons eux, continuaient soit de filmer soit d'encourager nos coups. Personne n'arrêtait ce mas-

sacre, et moi-même je n'arrivais pas à m'arrêter, encore moins avec le mélange d'alcool et d'adrénaline. Les coups que je donnais faisaient en même temps sortir la colère et la peine qui régnaient en moi depuis quelques semaines.

La phrase que m'avait dit ma mère ce matin lors de notre discussion dans la cuisine trottait dans ma tête : Alexie détesterait te voir comme ça. Certainement, mais il fallait que je trouve un moyen de faire fuir le mal en moi pour avancer sans elle.

Moi, Adil, je me battais pour la première fois de ma vie et en plus de cela je commençais à prendre goût à l'alcool et à ces soirées sans intérêts…

- LES FLICS !

Le bar s'était vidé en un rien de temps, tous coururent vers la sortie et moi j'essayais tant bien que mal de fuir mon adversaire pour à mon tour m'enfuir, mais il était trop tard.

Un homme en uniforme venait de m'arrêter et de me passer les menottes, le barman avait appelé la police pour prévenir qu'il y avait une bagarre dans son bar et qu'il était incapable de nous séparer à lui seul. Samy et nos adversaires, tous avec les visages dans un sale état, furent à leur tour menottés par d'autres hommes.

Les lumières des gyrophares m'éclairaient un peu plus à

chaque avancée vers la voiture de police, les mains dans le dos, un des policiers m'ouvrit la porte arrière et me laissa m'asseoir avant de la refermer, même schéma pour Samy. La douleur des coups que j'avais reçus ne valait rien par rapport à celle d'imaginer ma mère apprendre que son fils avait non seulement fugué de la maison mais en plus passerait la nuit dans un poste de police.

17.

Allongé sur le banc en béton d'une cellule, j'essayais de supporter mon mal de crâne comme à chaque lendemain de soirée. D'habitude je me réveillais dans mon lit après être rentré, sans comprendre comment, chez moi en pleine nuit, et je mettais la journée pour m'en remettre. Ce matin, je me réveillai sur quelque chose de beaucoup moins confortable que mon lit, gelé et avec du sang sur mon t-shirt. Plusieurs sortes de bruits m'arrivaient aux oreilles : des hommes criaient de colère, des sonneries de téléphone retentissaient… et cette cellule dans laquelle j'étais enfermé était tellement petite, humide et froide, tout ce que je voulais c'était rentrer chez moi et oublier tout ça.
- Ça va ? me demanda Samy en s'approchant de moi.
Je relevai la tête et m'assis pour être à sa hauteur, posant mes coudes sur mes genoux, je ne comprenais pas son comportement, il était si calme, cela se voyait que lui ne redoutait pas la réaction de ses parents.
- Comment veux-tu que ça aille, je suis sans une cellule,

avec du sang partout et quand mes parents vont appendre où je suis, ils vont me punir à vie, dis-je en posant ma tête encore douloureuse entre mes mains.

Samy se mit à rire, je relevai la tête vers lui, il ne quittait pas les barreaux de la cellule qui se trouvaient devant nous.

- Comment tu peux être aussi calme ? demandais-je.
- Ce n'est pas la première fois que je passe ma nuit ici, et quant à mes parents, ils ne diront rien, depuis que j'ai raté mon diplôme, c'est encore pire ils ne se préoccupent plus de moi.
- Et tu ne cherches pas à changer ?
- Pour quoi faire ? Je serai toujours un raté pour eux, autant leur donner raison maintenant.
- Alors tu préfères gâcher ta vie, plutôt que de leur montrer que tu peux être quelqu'un de bien ?
- Tu deviens comme moi alors tu n'as aucun conseil à me donner, dit-il en élevant sa voix.

Je venais de toucher un point sensible. C'était donc pour ça que Samy voulait être connu comme un con, arrogant et sans états d'âme, tout simplement parce que ses parents le voyaient comme ça.

Un homme en uniforme arriva vers nous, des clefs à la main, il en introduisit une dans la serrure de notre cellule.

- Vous pouvez sortir.

On se leva ensemble.

- Non, seulement vous, continua l'homme en me montrant du doigt.

Je restai sur place ne comprenant pas pourquoi moi j'avais ma liberté et pas Samy.

- Vas-y Adil, on se verra plus tard, m'annonça Samy en se rasseyant sur le banc en béton.

- Tu ne veux pas que j'appelle quelqu'un pour que tu puisses sortir aussi ? demandai-je m'inquiétant de le laisser seul dans cet endroit sinistre.

- Mon père viendra me chercher quand il trouvera du temps, je serai sorti avant ce soir pour organiser une nouvelle soirée, ne t'en fais pas, me répondit-il sans aucune note d'espoir dans la voix.

Samy prit la position que j'avais il y a encore deux minutes, je fis une dernière fois un état des lieux de la cellule du regard, et sortis. Je suivis l'homme et trouvai mon père dans l'entrée du commissariat… Il venait de remercier l'homme en uniforme qui m'avait sorti de ma cellule, pendant que je récupérais mes biens.

Sur le chemin du retour, mon père ne lâcha aucun mot, il marchait quelques mètres devant moi sans se préoccuper de savoir si je le suivais toujours ou non.

Il s'arrêta sur le trottoir, devant un bar.

- On va allez prendre un café avant de rentrer, sortit-il quand j'arrivai enfin à côté de lui.

Je m'installai à une table pendant qu'il commandait deux cafés au barman.

- Tu as de la chance que ça soit moi qui ai décroché quand la police a appelé à la maison.

- Maman n'est pas au courant ? demandai-je, en ayant peur de sa réponse

- Ta mère pense que tu dors chez un ami, et je lui ai menti en prétextant que j'allais à la boulangerie, pour pouvoir venir te chercher.

- Tu as menti à maman pour me protéger ? demandai-je, sous le choc.

- Pas pour te protéger toi, mais elle, si ta mère l'apprend elle ne s'en remettra pas...

Il prit une gorgée de son café où de la fumée s'échappait encore, son regard était toujours tourné sur la table, pas une seule fois il n'avait levé les yeux vers moi.

- Je n'aurais jamais cru aller chercher mon fils dans un commissariat.

- Je sais que je t'ai déçu.

- Je savais que tu allais mal, mais je ne pensais pas que tu tomberais aussi bas, les soirées passent encore, que tu préfères passer du temps avec tes amis plutôt qu'avec nous c'est de ton âge, mais te battre et passer la nuit dans une cellule...

-...Adil, il faut que tu te réveilles maintenant.

Après que mon père ait fini me dire tout ce qu'il pensait, on retournait sur notre chemin avant qu'il ne s'arrête une nouvelle fois devant une boulangerie.
- Qu'est-ce que tu fais ?
- J'ai dit à ta mère que j'allais chercher le pain, faut bien rendre cela crédible.
Un rire sortit de ma bouche mais je m'arrêtai vite en pensant à la réaction de ma mère si elle apprenait tout de ma nuit. Mon père ressortit, une baguette calée entre sa côte et son bras.
- On y va, dit-il.
Et je le suivis, une nouvelle fois, lui plus avancé que moi.
Arrivé à la maison, mon père entra en premier et je passai ensuite le seuil de l'entrée. En enlevant la capuche de mon sweat de ma tête, je pu voir ma mère assise à la table de la cuisine en compagnie de Cailin, à boire un café. Tasse à ses lèvres, elle la reposa directement à la vue de mes mains abîmées et du sang séché dessus.
- Qu'est-ce qu'il s'est passé Adil ? demanda ma mère après avoir aussi regardé mes blessures.
Mon père se tourna vers moi, toujours le pain à la main, je voyais bien à son regard qu'il ne pouvait plus me protéger.
- Je me suis battu, maman.
Tous me regardèrent d'un air qui ne me plaisait pas du

tout, je savais bien qu'une fois de plus, j'avais déçu mes parents, mais également Cailin.

- Je vais vous laisser, dit Cailin en se levant sans prendre la peine de finir sa tasse de café.
- Attendez Cailin... commençai-je en voulant la retenir.

Elle ne dit rien et sortit de la maison sans prendre la peine de se retourner.

- Que Cailin me voie dans cet état était la dernière chose que je voulais, pourquoi était-elle à la maison ? demandai-je, furieux, à ma mère.
- Parce qu'elle se demandait pourquoi elle ne te voyait plus, alors excuse-moi de l'avoir invitée à prendre un café à la maison pour pouvoir discuter.
- J'y crois pas...

Je me retournai en passant une main dans mes cheveux, je n'en revenais toujours pas.

- N'oublie pas qu'Alexie était sa fille, vous êtes plusieurs à souffrir dans cette histoire, alors arrête tes conneries et soutiens Cailin comme elle essaye de le faire avec toi.

Toujours dos à elle, je lui refis face après avoir analysé tout ce qu'elle venait de me dire.

- Mais maman, pourquoi tu t'en mêles, tu ne connaissais pas Alexie, tu ne l'as jamais rencontré, alors dis-moi pourquoi tu es là pour sa mère ?
- Parce que toi tu en es incapable.

Le pire dans tout ça, c'est qu'elle avait totalement raison,

mais j'étais bien trop fier pour l'entendre. Bloqué sur ces dernières paroles quelques secondes, je quittai la cuisine, laissant ma mère en plan, et montai les escaliers pour rejoindre la salle de bain afin de me désinfecter la main et de me doucher.
Je fouillai dans tous les placards de la pièce pour trouver ce qui pourrait me soulager des picotements que je ressentais dans la main.

Après avoir mis à la poubelle mon tee-shirt plein de sang, je m'allongeai sur mon lit à regarder une nouvelle fois le plafond. Je fermais les yeux pour essayer de penser à autre chose qu'à cette nuit hors du commun, et tout de suite le rire d'Alexie résonna dans ma tête. Un souvenir se projeta.

Alexie était assise en tailleur par terre, au bord du terrain de basket à lire le dernier livre qu'elle venait d'acheter dans l'après-midi, pendant que je m'entrainais avec mon ballon. C'était encore un soir où Alexie était laissée seule par sa mère.
- Bon maintenant tu lâches ton livre et je veux voir de quoi tu es capable sur un terrain, lui dis-je en lui enlevant son livre des mains.
- Tu es sûr de vouloir me mettre au défi ?
Je lui avais lancé le ballon qu'elle avait de suite rattrapé.

En se relevant elle riait, j'étais fou de son rire. Fou d'elle. Elle s'installa au milieu du terrain et je me mis face à elle pour essayer de l'intercepter, elle commença à dribbler en me faisant quelques feintes.

- Tu comptes y allez à un moment donné ? demandai-je en me moquant d'elle.

Elle fit un tour sur elle-même et courut toujours en dribblant vers le panier. Avant que je ne comprenne ce qu'elle venait de faire, elle avait marqué un panier.

- YEAAAAAAAAAAAAAH !

Elle fit une sorte de danse de la victoire, elle m'avait impressionné une nouvelle fois. Elle m'avoua un peu plus tard que Maximilien et elle adoraient jouer au basketball plus jeune.

C'était notre dernier moment à nous, elle nous avait quitté deux jours après.

C'est un souvenir parmi tant d'autres que je gardais en mémoire pour me rappeler notre court temps passé ensemble, pour me rappeler comment je suis tombé amoureux d'elle.

18.

Arrivé devant chez Samy après avoir fait le mur pour la seconde fois de la semaine, je sortis mon téléphone et l'appelai pour le prévenir de mon arrivée. Il passa sa porte d'entrée aussitôt et alluma une cigarette avant de venir me saluer. Nous discutâmes d'un peu de tout sur le chemin, il était 21h et on avait rendez-vous avec d'autres de ses amis dans un bar pour s'amuser, comme à peu près tous les soirs depuis que je traînais avec Samy.

Arrivé au rendez-vous, une dizaine de garçons de mon âge étaient déjà là, tous avec un verre d'alcool à la main, à rigoler dans un coin du bar. C'était le même bar où la bagarre avait eu lieu la veille.
- Tu es sûr que l'on a le droit d'être ici ?
- Bien sûr, tant que nous n'organisons pas une nouvelle cohue, dit-il en rigolant, comme si lui avait oublié la nuit que l'on avait passée.
- Je t'avais bien dit que je réussirais à sortir pour organiser une nouvelle soirée, rien ne m'arrêtera pour ça, pas

même une nuit en cellule, finit-il en buvant quelques gorgées de sa bière.
Je l'écoutais attentivement mais ne comprenais aucunement son comportement. Si même une nuit en cellule ne le calmait pas, alors jusqu'où irait-il pour prendre conscience qu'il était sur une mauvaise pente ? Enfin, je me posais cette question pour lui sans connaître la réponse pour mon cas.

Un groupe de filles les accompagnait. Je saluai chacun des amis de Samy après qu'il m'ait présenté à ceux que je ne connaissais pas encore, je m'installai au bar sur un tabouret et commandai une bière au barman qui essuyait ses verres devant moi. Je me retournai en posant un de mes coudes sur le bar, ils n'arrêtaient pas de rire en chœur, certains essayaient de draguer des filles du groupe pendant que d'autres sortaient leurs paquets pour fumer leurs cigarettes.
- Votre bière. Il se baissa vers moi en me pointant du doigt. Et je vous préviens aucun dérapage ce soir sinon vous ne remettrez plus jamais les pieds ici.
Je hochais la tête tout en le regardant, le barman loucha sur mon poing encore abîmé par le saccage de la dernière fois. Il s'éloigna de moi en reprenant sa vaisselle, dans ma tête je repensai à la blessure qu'avait provoqué ce poing sur le visage de mon rival.

Je fis demi-tour sur mon tabouret et remerciai le barman d'un signe de tête. Samy porta une cigarette à la bouche et l'alluma avec son briquet qu'il remit immédiatement dans sa poche, sûrement par peur de se le faire prendre par un de ses amis.
- Adil ? cria Samy dans le bar en me montrant sa cigarette, signe de m'en proposer une que je refusai.

Quelques heures et quelques verres dans le sang plus tard, je regardais autour de moi, Samy et ses amis dansaient sur le fond sonore, bière à la main, avec des filles qu'ils connaissaient depuis quelques minutes, et moi je me retrouvais sous l'effet de l'alcool, embrumé par la fumé de cigarette qui se baladait dans le bar. Le patron qui nous servait des bières depuis le début de la soirée avait finalement accepté que nous fumions à l'intérieur, après que Samy lui ait demandé une cinquantaine de fois environ. Je ne pensais plus à rien, je parlais sans vraiment savoir ce qui sortait de ma bouche. Une fille devant moi, une brune qui a surement dû être dans le même lycée que moi me tenait la conversation et je lui répondais avec la tête dans les vapes en essayant parfois de me tenir droit pour ne pas montrer que les quelques bières prenaient le contrôle de mon corps. Elle me souriait sans cesse, je n'avais même pas retenu son prénom. En répondant à un de ses sourires, elle s'approcha de moi et m'embrassait en posant ses mains sur mon cou, je continuai le baiser en me levant du tabouret. Je ne contrôlais plus rien, l'alcool dirigeait chacun de mes actes, sans se préoccuper de la personne qui se trouvait à côté. Une main musclée m'emprisonna le bras et m'écarta de la jeune femme.

- Je peux savoir ce que tu fais ?

Maximilien. Maximilien était là, planté devant moi, perturbé par ce que je venais de faire. Et moi ? Moi je me sentais con, tenant à peine sur mes jambes, avec les verres vides derrière moi qui se tenaient sur le bar. La fille s'écarta de moi, ne comprenant pas ce qui se passait. J'essayai de trouver une réponse claire.

- Je... Je fais simplement connaissance, dis-je en rigolant, l'alcool ayant le dessus sur moi.

- Mais dans quel état tu t'es mis ?

J'essayai de libérer mon bras de sa main, sauf que j'oubliais un détail, j'étais sous l'emprise de l'alcool et lui totalement sobre.

- Mais lâche-moi, putain, continuai-je en m'énervant.

- Tu me suis maintenant !

Il m'emmena en dehors du bar, toujours en me tenant le bras et en faisant signe à ses amis qui l'accompagnaient qu'il revenait. Au milieu du parking, éclairé par une petite lumière venant du lampadaire, il se tourna vers moi.

- Alors c'est comme ça ? C'est comme ça que tu veux apprendre à vivre sans ma sœur ? Tu ne penses pas qu'elle mérite autre chose, tu n'as pas l'impression de salir sa mémoire là ?

Essayant toujours de tenir debout, je me frottai un œil avec la paume de ma main tout en essayant d'imprimer tout ce qu'il venait de me dire.

- Je ne faisais rien de mal là, essayais-je de me défendre du mieux que je pouvais.
- Tu ne fais rien de mal ? Mais tu as vu dans quel état tu es ? cria Max'. Ma mère m'avait prévenu qu'elle t'avait trouvé bizarre la dernière fois qu'elle t'avait vu chez toi, j'ai juste cru que tu étais encore mal par rapport à la mort de ma sœur...

L'alcool et le comportement de Maximilien me firent sortir de mes gonds.

- Laisse Alexie en dehors de ça, dis-je en hurlant à m'en tuer la gorge.
- Regarde-toi… dit-il avec un regard rempli de dégoût.
- Mais qu'est-ce que ça peut te faire ?
- L'alcool, les filles, ce n'est pas la meilleure solution pour oublier.
- Mais moi ça me convient, et puis de quoi tu t'occupes ? C'est MA vie et je fais ce que JE veux, dis-je en me pointant de l'index et exagérant sur le 'je'.

Maximilien me lança son poing dans le nez et je m'é-

croulai au sol. Du sang coula sur mon visage, j'essuyai du dos de la mains le liquide rouge qui atteignait peu à peu mes lèvres. Je levai ma tête vers Maximilien, et ne trouvai aucun regret dans son regard, juste un jugement de honte et de haine se lisait dans ses yeux.
- Mais ça ne va pas ? criai-je en mettant une de mes mains sur mon nez pour arrêter le sang de couler.
- Reprends toi en main ! dit-il en me pointant du doigt, toujours debout devant moi. Et ne remets pas les pieds chez moi et n'adresse pas la parole à ma mère tant que tu continues de traîner avec ce genre de personnes... Je ne dirai rien sur ton comportement à qui que ce soit mais en tous cas, sache une chose, Alexie aurait vraiment honte de toi... continua-t-il avant de repartir en direction du bar en se frottant le poing avec son autre main.

Dos au bar, je ne le regardai pas s'éloigner et je me relevai en regardant le sang sur ma main et sur mon t-shirt blanc. Je me retournai, épiai l'intérieur du bar à travers les fenêtres, me détournai et m'éloignai du parking pour rentrer chez moi. A mon arrivée, je passai la tête par la porte d'entrée pour vérifier que personne n'était levé. J'enlevai la clef de la serrure, refermai derrière moi, montai en courant dans la salle de bain et cherchai de nouveau dans le placard un produit et quelques compresses pour me désinfecter le nez et nettoyer le sang qui avait séché. Je sentis un petit souffle de souffrance au contact des doigts sur mon nez. Je me regardai une dernière fois dans le miroir de la salle de bain. Ce coup de poing était ce qu'il me fallait, ce que j'attendais pour me sortir la tête de l'eau. Je me brossai les dents et sortis de la pièce en éteignant la lumière et en faisant en sorte de ne pas faire de bruit, je ne voulais pas que ma mère me voie dans cet état et m'assomme de questions.

Je me déshabillai dans ma chambre en prenant soin de jeter mon t-shirt taché de sang à la poubelle pour éviter qu'un de mes parents ne tombe dessus. Je me retrouvai en caleçon quand mon téléphone vibra dans la poche arrière de mon jean que j'avais déposé au sol, je l'attrapai.

« T'es où mec ? On te cherche partout. »

Oubliez-moi les gars.

19.

Encore un matin réveillé par les rayons du soleil, mon nez me faisait encore atrocement mal et je pouvais voir à travers l'écran noir de mon téléphone l'hématome sur celui-ci. Je me levai de mon lit et me dirigeai vers la psyché. Je n'aimais pas la tournure que prenait ma vie. Je fis face aux photos sur l'un des murs de ma chambre. Torse nu, je tournai mon regard vers le miroir : ce n'était pas moi, l'homme en face de moi ne me ressemblait pas, on dirait un de ces adolescents qui pense que profiter de la vie c'est se foutre de tout, être odieux avec les gens différents et être défoncé. Je me dirigeai vers un de mes tiroirs de bureau en trombe et récupérai les bouteilles d'alcool que m'avait confié Samy quelques jours auparavant. Les bouteilles dans les bras, j'allai vers la salle de bain tout en inspectant le couloir pour être sûr de ne pas me faire prendre par mes parents avec l'alcool. Je m'enfermai à clef et vidai les toutes les bouteilles dans les toilettes avant de tirer la chasse d'eau. Je retournai ensuite dans ma chambre afin de cacher les bouteilles dans ma poubelle et tirai sur mes rideaux pour faire entrer la lumière dans ma chambre qui n'avait pas vu un seul rayon de soleil depuis des jours. Je posai mon regard sur une des bouteilles qui dépassait de ma poubelle tout en repensant à toutes ces soirées… Je me frottai les yeux et en les rouvrant, je trouvai posé sur mon bureau le dossier d'inscription pour l'université que ma mère avait laissé là. Je m'assis en l'admirant quelques minutes. Et si c'était le signe de mon nouveau départ ? J'attrapai un stylo noir qui traînait dans un pot à crayons et commençai par inscrire mon nom et mon prénom...

Après avoir rempli chaque ligne, je descendis vers la cuisine avec les papiers en mains, fier du nouveau moi. J'avançai peu à peu vers la première personne à qui je devais des excuses.

- Maman ? commençai-je.
- Oui ? répondit-elle en retournant vers moi.
- Regarde...
- Oh mon Dieu, ton nez Adil ! dit-elle effrayée.

Avec tous ces papiers à remplir, j'avais totalement oublié l'état de mon nez et j'en avais surtout oublié la douleur.

- Ne t'inquiète pas, dis-je pour essayer de la rassurer
- Qu'est-ce qu'il s'est passé ? me demanda-t-elle en inspectant mon nez de plus près.
- Je te jure, tout ça c'est fini ! dis-je.

Elle s'éloigna, croyant à peine mes paroles.

- Regarde, je viens de remplir la fiche d'inscription pour l'Université, dis-je en lui tendant ce que j'avais en mains.
Elle les regarda toutes et inspecta chaque ligne. Elle avait posé une de ses mains sur sa bouche, des larmes montèrent.
- Tu es contente, maman ? demandai-je inquiet de sa réponse.
- Cela veut dire qu'il n'y aura plus de sorties avec des personnes infréquentables ? Que je ne te verrai plus alcoolisé ? Et que surtout, tu te reprends en mains ?
J'acquiesçais.
- Je me reprend en mains maman.
Elle me prit dans ses bras pour me remercier une nouvelle fois d'avoir ouvert les yeux sur ce que je devenais.
- Bon, je file tout de suite envoyer ton inscription, dit-elle en s'écartant de moi et en se précipitant vers son sac et son manteau.
- Déjà ?
- Je préfère, on ne sait jamais, si tu changes d'avis, je ne veux pas prendre de risques ! dit-elle ironiquement avant d'enfiler son manteau et de mettre les papiers dans son sac à main.
Je la regardai se précipiter, on aurait dit une enfant qui allait déposer sa lettre pour le Père Noël. Tant que je la revoyais sourire, c'était le principal.
- Tu surveilles ce qu'il y a sur le feu s'il te plaît ! ajouta-t-

elle avant de claquer la porte d'entrée.
La porte se rouvrit.
- Au fait, mets de la glace sur ton nez ! dit-elle avant de re-claquer la porte.
Je souriais tout en surveillant sa préparation.
Ma mère était rentrée depuis une heure, elle était dans sa chambre, allongée sur son lit, recouverte de son plaid gris à regarder l'un de ses films préféré, le fameux 'Dirty Dancing'. Je toquais légèrement à la porte pour ne pas lui faire peur.
- Je dois allez faire quelque chose maman, je reviens vite, lui dis-je en enfilant ma veste en cuir.
- Où vas-tu ? demanda-t-elle inquiète
- Quelque part où j'aurais dû aller depuis longtemps.
Accompagné d'une orchidée blanche dans les mains, je m'avançais peu à peu vers sa tombe. C'était la première fois depuis son enterrement que je revenais à cet endroit. Des larmes coulèrent, qu'importe depuis combien de temps elle avait disparu, elle me manquait toujours autant.
- Je suis désolé, désolé de te décevoir Alexie, mais je vais me ressaisir pour toi, pour que tu sois fière de moi mon amour.
Tout en me relevant, j'embrassai ma main et la déposai sur sa tombe. Après être venu me recueillir, je devais allez m'excuser auprès d'autres personnes.

Je me retrouvais à présent devant chez Josh, je frappai après quelques minutes à faire mijoter des excuses dans la tête.
- Adil !
Je tombai sur sa mère, une femme toujours habillé d'un tailleur et qui donnerait tout pour que son fils prenne exemple sur ses goûts pour qu'il quitte ses long t-shirts de basket.
- Bonjour, madame, continuai-je.
- Cela fait des siècles que je ne t'avais pas vu !
À en croire son énorme sourire elle ne devait rien savoir sur ce qui s'était passé dans ma vie.
- Je t'en prie, rentre.
- Merci, dis-je en esquissant un petit sourire avant de passer le pas de la porte d'entrée.
- JOSH ! Descends s'il te plaît, tu as de la visite.
J'avais entendu Josh bredouiller un petit "oui oui" avant de quitter sa chambre, il devait sûrement être encore sur une partie importante avec sa console. Après qu'il ait descendu les escaliers, sa mère nous laissa seuls dans l'entrée.
- Je suis venu m'excuser, lui annonçai-je sans perdre de temps.
- T'excuser de quoi ? me demanda-t-il avec un air perdu.
- M'excuser de t'avoir laissé de côté et de ne pas avoir pris en compte tes conseils sur Samy.

Je finis ma phrase encore honteux et en baissant les yeux sur la carrelage blanc, et lui Josh se contenta de rire. Je remontai mon regard vers lui, ne comprenant pas sa réaction.

- Mais tu n'as pas à t'excuser Adil, je ne t'obligeais pas à suivre mes conseils.
- Tu ne m'en veux vraiment pas ?
- Tu as su à qui tu avais à faire ? me demanda-t-il.
- Oh ça oui ! dis-je, encore surpris par le comportement que j'avais pu avoir ces dernier temps.
- Alors c'est principal.

C'était si simple en fait.

- Au fait, je me suis inscrit à l'Université !
- Trop cool, on va continuer d'aller en cours ensemble alors ! dit Josh tout sourire.

Ça c'était un ami.

- Bon tu viens jouer à la console avec moi ? demanda Josh en remontant les marches.

Et ça c'était Josh.

20.

La tête tournée vers le réveil, il était exactement quatre heures du matin et je n'avais pas fermé l'œil de la nuit, dans deux heures je devais me lever pour mon premier jour de cours à l'Université. Des tas de questions se formaient dans ma tête. Est-ce que je vais réussir à redevenir l'ancien Adil ? Est-ce que je suis prêt à reprendre ma vie en mains ? Et Alexie ? Accepterait-elle que je reprenne le cours de ma vie sans elle ?

Biiiiiiiiip. Je me levai en trombe de mon lit. Je m'étais enfin assoupi après des heures à la recherche du sommeil, je me frottai les yeux pour bien regarder l'heure affiché sur mon réveil et soufflai un gros coup pour me motiver à me lever.

« Je serai à la gare à 7:30. »

Après avoir répondu à Josh, je me préparai avec un fond de musique dans la chambre pour continuer de me motiver. Je vérifiai une dernière fois que mon sac était bien prêt. Après avoir tout regardé, mes yeux se posèrent sur le carnet d'Alexie qui dépassait de mon oreiller. En tournant rapidement les pages je pu m'apercevoir que c'était la dernière page qu'elle avait écrite.

"Je lâche prise ce soir, c'est peut-être aujourd'hui que tout devait s'arrêter. Je ne sais pas si je dois être mal pour ma mère, mon frère ou Adil, ou être heureuse de rejoindre mon père dans un monde si différent. Je les aimes tellement, je ne leur en veux même pas, je ne ressens pas leur abandon comme un manque d'amour...

Adieu."

Des larmes, toujours des larmes. Mais celles-ci étaient bien différentes des précédentes. J'avais la preuve par son écriture qu'elle ne m'en voulait pas. Elle ne m'en voulait pas de l'avoir abandonnée au moment où elle aurait eu le plus besoin de moi alors que des milliers d'autres personnes l'auraient fait, une chose de plus qui la rendait si différente. Elle ne détestait pas les gens qui lui faisait du mal, car son amour pour nous était bien plus important que d'abandonner à la première déception que l'on pouvait lui faire.
Je fis glisser les dernières pages blanches qui restaient et

vis à la toute dernière page une photo de nous deux, collée. C'était une photo que nous avions prise lors de notre petite escapade à Paris. Elle toute souriante dans la nuit, illuminée par les quelques lumières qui se trouvaient autour de nous, et moi lui embrassant la tempe, les yeux fermés.

Après avoir arraché la page avec la photo, je la collais sur le mur en face de moi avec quelques autres photos de nous deux.

Un énorme poids se libérait de moi. Alexie ne m'en voulait pas, alors je devais arrêter de m'en vouloir à moi-même, elle n'est pas partie parce que je l'avais abandonnée, mais parce que c'était ce qu'elle désirait au plus profond d'elle-même. Même avec tout l'amour que je lui apportais, cela ne pouvait pas remplacer celui de sa mère, de Maximilien et surtout celui de son père.

Devant mon mur, je regardais chaque photos avec attention tout en jouant avec ma gourmette.

- Adil tu es prêt ? cria mon père, ce qui me fit sortir de mes souvenirs.

Je mis ma veste en cuir et attrapai mon sac pour le mettre sur mon dos avant de quitter ma chambre.

Aujourd'hui était mon premier jour de cours et aussi le premier jour où j'acceptais la mort de mon premier amour.

Arrivé au pied de la gare, j'attendis patiemment Josh qui voulait jouer mon guide tout le long de la journée. Ma mère m'avait déposé en avance par peur que je ne rate le train, elle m'avait aussi prévu un sandwich dans mon sac au cas où le repas à l'Université ne serait pas bon... Elle devait confondre rentrée à l'Université et rentrée en primaire.

Après quelques minutes d'attente, Josh fit enfin son apparition parmi la foule de personnes qui entrait et sortait de la gare.
- Alors, prêt pour ton premier jour ? commença Josh.
- On va dire que oui... dis-je, encore stressé de la journée qui m'attendait.
- T'inquiète pas, tout est cool là-bas, ça va bien se passer.
Josh a toujours été ce mec cool qui voit toujours les aspects positifs, au lycée j'étais comme ça aussi, mais quand j'ai compris que tout pouvait basculer du jour au lendemain, cette vision des choses avait disparu.

Assis à côté de mon acolyte de toujours dans le train, je regardais défiler le paysage par les larges vitres, tandis que Josh, écouteurs aux oreilles, tapait ses mains sur ses cuisses au rythme de chaque musique.

« Plus de nouvelles, dispo pour une soirée ce soir ? »

Samy lui continuait de faire ses soirées sans se préoccuper des lendemains, sans se préoccuper de son avenir. Je ne répondis pas au message et verrouillai mon téléphone pour le remettre dans la poche de ma veste, le prochain arrêt était pour nous.

Une grande bâtisse se présentait devant nous, Josh ne m'avait pas menti, cet endroit est vraiment immense. Adam nous rejoignit.
- Heureux de te revoir parmi nous, me dit-il en me serrant dans les bras comme si j'étais porté disparus depuis des années.
- Alors nous y voici, dis-je en contemplant chaque centimètre qui se trouvait autour de moi.
Adam me relâcha et se mit à côté de moi.
- Et oui, et tu verrais les bombes qu'il y a ici en plus…
Josh lui lança un regard noir et Adam comprit sa gaffe, mais venant de lui cela me faisait plus rire qu'autre chose.
- Pardon, dit-il
- T'en fais pas, ce n'est rien.
- Tu penses toujours à elle, je suppose ?
- Oui, mais aujourd'hui je suis ici avec vous, dis-je en passant mes bras autour des cous de mes amis... Et je me sens bien, c'est ce qu'elle voudrait j'en suis certain.

- C'est que tu nous ferais limite pleurer, ajouta Josh en me faisant une petite tape dans le ventre en rigolant.
La sonnerie se fit entendre, c'était l'heure de mon premier cour.

Installé derrière Josh, je vis mon professeur de philosophie faire son entrée dans l'amphithéâtre. Un homme dans la quarantaine, chauve et avec des lunettes noires, il avait l'air d'un professeur banal.
- Bonjour à tous, commença Mr. Leneur tout en posant son sac en bandoulière sur son bureau.
Il sortit quelques affaires de son sac et regarda une feuille avant de lever les yeux vers nous.
- Un certain Adil nous fait l'honneur de nous rejoindre aujourd'hui apparemment ? continua-t-il en me cherchant dans la foule assise.
- Oui, je suis là, répondis-je en levant la main pour qu'il me trouve parmi les autres élèves.
- Et bien, vous arrivez à point pour notre nouveau sujet.
Mr. Leneur se retourna vers son tableau blanc et prit un marqueur noir afin de commencer son cours.

- C'était le meilleur cours que j'ai suivi de ma vie ! m'exclamai-je en sortant de l'amphithéâtre.
- Sérieux ? Je ne comprends jamais rien moi, poursuivit Adam.

Josh fit une tape amicale dans le dos d'Adam tout en se moquant de lui.

21.

- Et voici le fameux bar.
Les gars voulaient absolument me montrer l'endroit où ils se retrouvaient avec d'autres amis à eux après les cours, il paraît qu'ils ont souvent mal fini chacun à leur tour, ici.
- Trois bières, s'il vous plaît, demanda Adam à la serveuse qui était derrière le bar.
On s'installa autour d'une table ronde et Mia nous rejoignit au même moment.
- Alors Adil, que penses-tu de notre Université-chérie ? me demanda-t-elle en s'asseyant sur les cuisses de Josh.
- Elle est plutôt pas mal.
La serveuse nous servit nos bières.
- A nos retrouvailles ! dit Adam en trinquant nos verres.
Mia se leva sans nous dire pourquoi, on se retourna tous en sa direction, elle allait saluer une de ses amies.
- Qui est ce ? demanda Adam.
- Lydia je crois, répondit Josh.
- Elle est belle tu ne trouves pas Adil ? me demanda

Adam.

- Tu n'en rates pas une toi, réagit Josh en lui lançant un regard aussi noir que le t-shirt qu'il portait.

- Ne t'inquiète pas Josh, et oui pour te répondre elle est plutôt jolie.

Je me retournai une nouvelle fois vers les filles qui discutaient encore à l'entrée du bar. Elle était même très jolie.

Après avoir fini nos boissons au bar, nous avions décidé de prendre le prochain train pour rentrer tôt et que je puisse commencer à récupérer mon retard dans les cours.

- Je suis rentré, annonçai-je en passant le seuil de la porte d'entrée.

Je rejoignis ma mère dans la cuisine, posai mes affaires sur une chaise et lui fis une bise sur la joue.

- Alors comment s'est passée ta première journée ? me demanda-t-elle.

- Mieux que ce que j'aurais pensé.

Ma mère s'appliquait à éplucher des légumes, je pris un couteau dans un tiroir et fis de même.

- Cela fait bien longtemps que tu n'avais pas aidé en cuisine.

- Serait-ce un reproche ? demandai-je ironiquement.

- Je suis contente de te retrouver comme avant, dit-elle avec un large sourire en levant les yeux vers moi.

- Maman, est ce que tu penses que la douleur va disparaître un jour ?
- La douleur sera toujours là, elle s'estompera avec le temps… Oui je sais, je sais à quel point tu en as marre de ce mot, mais malheureusement c'est la seule et unique solution à ton chagrin, d'autres sont passés par là aussi, tu n'es pas le seul à avoir perdu ton premier amour et si d'autres ont réussi à s'en sortir alors toi aussi, Adil. Tu n'es pas voué à souffrir plus qu'un autre.
Ma mère me caressa le bras pour me réconforter, elle voyait bien que je pensais encore à Alexie.
- Allé, continue, les légumes ne vont pas s'éplucher tout seuls, reprit-elle pour me faire sourire.

Le lendemain midi, j'avais décidé d'utiliser mes deux heures de pause pour aller étudier dans la bibliothèque de l'Université, Mia m'avait passé ses cours pour que je puisse recopier. Mes écouteurs aux oreilles, j'écoutais une nouvelle fois la playlist des musiques préférées d'Alexie. Une personne s'installa à la table où je m'étais assis, c'était l'amie de Mia que j'avais aperçu la veille.
Elle me fit un sourire que je lui rendis aussitôt et elle sortit un livre de son sac. Je bloquai sur la couverture du livre, je l'avais déjà vu quelque part. Alexie ! c'était le dernier livre qu'Alexie avait lu.
- Tu connais ? me demanda-t-elle, voyant que je ne lâ-

chais pas son livre des yeux.
- Pardon ? bégayais-je.
- Le livre ? tu le connais ?
- Oh ! J'en ai entendu parler.
Elle acquiesça avec un nouveau sourire. Lydia était brune aux yeux verts, son corps fin lui permettait de mettre des hauts assez courts.
- Tu t'en sors ?
- Je t'avoue que j'ai un peu de mal, mais bon il faut que j'assume d'être arrivé un mois après la rentrée.
- Si tu veux, je peux t'aider sur certaines matières.
- Tu serais douée en mathématique par hasard ?
Elle commença à m'expliquer et je restai subjugué par son visage et au sourire qu'elle gardait quand elle me parlait. Je ne comprenais pas ce qu'il m'arrivait, cela ne faisait même pas six mois qu'Alexie était partie et je souriais déjà à une autre fille.

22.

À la fin de mon second jour de cours, je rejoignis les autres dans le bar, où Josh racontait son exploit de la veille avec son skateboard tout en faisant passer le téléphone de Mia. A la voir siroter son thé glacé tout en ayant un regard indifférent, je pouvais imaginer que la veille elle avait dû entendre parler Josh de skateboard toute la soirée.
- Il est l'heure d'aller prendre le train, sortit Mia pour mettre fin à son supplice.
Elle se leva et nous la suivîmes. Josh se dépêcha de ranger ses affaires dans son sac pour rattraper Mia qui avait déjà quitté le bar. A la vitesse à laquelle elle était partie, Josh en avait vite déduit qu'elle était énervée. En remettant ma veste, j'aperçu mon professeur de philosophie assis à quelques tables de la nôtre.
- Tu viens Adil ? me demanda Adam à la porte du bar.
- Allez-y, je vous rejoins.
Adam acquiesça et s'éloigna en rejoignant Mia et Josh. Je restai sur place, hésitant un instant à aller déranger

mon professeur. Je pris mon sac et m'avançai vers lui.
- Mr Leneur ?
Il leva la tête des derniers devoirs qu'il devait corriger.
- Que puis-je faire pour vous Adil ?
- La dernière fois, vous avez parlé de votre voyage humanitaire et j'aurais des questions à vous poser.
D'un geste de la main il m'invita à m'asseoir à sa table, il regroupa toutes ses feuilles éparpillées en un seul tas pour faire un peu plus de place. Nous sommes restés une heure dans le bar, j'ai dû consommer trois tasses de café et Mr Leneur deux de plus. Je savais que j'avais raté mon train, que Josh avais dû m'attendre à la gare et que mes parents allaient s'inquiéter de ne pas me voir arriver avant le diner, mais à ce moment-là je ne m'intéressais qu'aux paroles de mon professeur. J'étais envouté, je n'avais qu'une envie : vivre exactement la même chose. En regardant mon téléphone, je vis tous les appels manqués et l'heure : il ne me restait plus que quinze minutes pour prendre le dernier train. Je remerciai Mr Leneur de m'avoir accordé de son temps et me dépêchai pour aller jusqu'à la gare. Arrivé sur place je me sentis un peu perdu, d'habitude je suivais Josh sans regarder autour de moi. Je cherchai désespérément les panneaux d'affichages pour m'indiquer mon quai.
- Tu cherches quelque chose, peut-être ?
Je me retournai et mon sourire prit place en voyant Lydia

face à moi.
- Je cherche mon quai.
- C'est le 5.
Elle n'avait même pas pris la peine d'aller regarder sur les panneaux.
- Comment tu sais que...
- Parce que j'ai déjà accompagné Josh et Mia à leur train.
- Je comprends mieux, répondis-je.
Elle me souriait encore, on ne se lâchait pas du regard.
- Il faudrait que j'y aille, on se voit demain ?
Elle hocha la tête et je passai à côté d'elle pour pouvoir atteindre mon quai.
- Adil ?
Je me retournai vers elle pour mieux entendre ce qu'elle voulait me dire.
- Tu crois que l'on pourrait se voir un soir, que nous deux ?
- Euh ouais, si tu veux... Dis-je avant de reprendre mon chemin.
En m'installant dans le train je me remémorai ce qui venait de se passer avec Lydia. Elle m'avait proposé un rencard et j'avais accepté, pour une fois sans penser à Alexie. Le long du trajet je regardais les personnes que je pouvais voir dans le wagon où je me trouvais, tout en pensant à la proposition de Lydia. Je me rendis compte que je lui avais répondu sans vraiment réfléchir, j'espé-

rais simplement que cela n'allait pas lui donner des idées. Mes yeux s'arrêtèrent sur un couple du même âge que moi je pense, elle lisait son livre et lui écoutait sa musique tout en jouant avec une mèche de cheveux de sa copine. On aurait dit Alexie et moi il y a quelques mois, j'adorais la regarder quand elle lisait, elle s'efforçait de rester concentrée et souriait... Et j'aimais la voir sourire.

En rentrant chez moi j'entendis ma mère ranger la vaisselle, je me dirigeai donc vers la cuisine et posai mon sac de cours et ma veste dans l'escalier au passage.
- Je m'excuse du retard, je révisais et je n'ai pas vu le temps passer.
- Ce n'est rien, assieds-toi, je vais te réchauffer ton repas, répondit ma mère.
Je sentis que ma mère n'était pas comme d'habitude, elle avait à peine posé le regard sur moi et elle ne me posa pas des tonnes de questions sur ma journée.
- Tout vas bien maman ? demandai-je pendant qu'elle me déposait mon assiette sur la table.
- Adil sois honnête, est ce que tu revois ce Samy ?
- Quoi ? Mais bien sûr que non, je ne lui ai pas reparlé depuis que je me suis inscrit à l'Université.
J'avais complètement oublié cette personne depuis son dernier message, auquel je n'avais même pas pris la peine de répondre.

- Tu ne me mentirais pas ?
- Mais bien sûr que non, pourquoi me parles-tu de lui d'un coup ? lui demandai-je sans même toucher à mon assiette qui commençait à refroidir.
Ma mère s'installa sur une chaise face à moi, elle avait l'air triste et je détestais la voir comme ça.
- Ce cher Samy est venu sonner à la maison dans l'après-midi, il m'a dit qu'il voulait prendre des nouvelles de son ami.
Mon sang ne fit qu'un tour, mes poings se serrèrent d'un coup, comment a-t-il pu oser venir chez moi. Je pris mon téléphone et l'appelai tout en m'éloignant de la cuisine, pour que ma mère n'entende pas ce que j'avais à lui dire. Il ne répondit pas, je décidai donc de lui envoyer un message pour lui donner rendez-vous ce soir.

23.

Vingt et une heures. J'attendais Samy, les mains dans les poches en faisant les cents pas sur le trottoir, il m'avait confirmé qu'il m'attendrait devant chez lui. Sa porte d'entrée s'ouvrit et Samy en sortit casquette et capuche de son sweat sur la tête.
- Alors ça faisait longtemps ! commença-t-il en voulant me checker.
- Je ne veux plus que tu viennes chez moi, est ce que c'est bien compris ? dis-je en gardant mon calme.
- Mais qu'est-ce qu'il te prend, je venais juste aux nouvelles, tu ne réponds plus aux messages.
- Tu n'as pas compris que je ne voulais plus avoir à faire à toi et tes amis ?
-Mais dis-moi, tu étais bien content de nous trouver, mes amis et moi, quand tu avais envie d'une bonne soirée ? répondit-il avec un peu plus de sérieux qu'au début de la conversation.
- Tout ça c'est fini, j'ai grandi moi, les soirées, l'alcool c'est plus pour moi, et tu devrais faire la même chose au

lieu de te mettre la tête à l'envers tous les soirs et dépenser l'argent de papa.
Je me retournai et commençai à partir, je ne voyais plus l'intérêt de rester une seconde de plus avec cette personne.
- Alors ça y est, Monsieur va à l'Université, Monsieur ne déprime plus pour sa copine morte donc il se permet de faire la morale ?
Mes poings se serrèrent en entendant ce qu'il venait de dire, je me retournai.
- Retire tout de suite ce que tu viens de dire !
- Sinon quoi ? me demanda-t-il avec son sourire en coin.
C'était trop pour moi, un de mes poings encore serré venait d'atterrir sur son visage, j'entendis au même moment quelqu'un courir vers nous, c'était Josh. Je secouai ma main douloureuse.
- Qu'est-ce qu'il t'a pris Adil ? me demandait-il encore essouflé.
- Il a parlé d'Alexie, répondis-je, rempli de haine.
- C'est tout ce que tu sais faire ? Vraiment ? Je parle de ta petite amie morte et en récompense je me prends juste un coup de poing ? Je m'attendais à mieux de ta part, me demandait Samy en se rapprochant de moi.
Je pris Samy par le col de son sweat et levai à nouveau mon poing vers lui, il continuait de sourire pour me narguer, rien ne lui faisait peur.

- Et bien alors, qu'est-ce que tu attends ? Frappe-moi !
- Adil, lâche-le
- Je ne peux pas, dis-je en perdant tout contrôle de mon corps
- Mais tu ne vois pas qu'il veut juste te pousser à bout ? En faisant ça tu vas t'attirer des problèmes. Il ne vaut pas le coup que tu perdes ton temps avec lui, pense à Alexie, pour elle, prouve que même si elle est partie tu es toujours le même Adil.

Grâce aux mots de Josh je repris mon calme et le lâchai enfin, Samy remit son sweat en place et passa une nouvelle fois sa main sur la joue que j'avais frappée.
- Bon, vu que vous avez beaucoup de choses intéressantes à vous dire je vous laisse entre vous.

Samy repartit chez lui, Josh, à côté de moi, regardait Samy claquer la porte en rentrant.
- Ce mec ne changera jamais, dit-il sans lâcher son regard de la maison de son pire ennemi.
- Comment tu as su que j'étais là ? demandai-je en me rendant compte que je n'avais prévenu personne.
- Ta maman m'a appelé.
- J'aurais dû m'en douter.
- Elle t'a entendu sortir de chez vous du coup elle a deviné que tu irais voir Samy et que tu ferais sûrement quelque chose que tu regretterais.

Je pris les devants pour reprendre le chemin du retour et

Josh me suivit.

- Si tu n'étais pas intervenu je ne sais pas jusqu'où j'aurais pu aller, dis-je en imaginant diverses scènes dans ma tête.
- Je suis ton meilleur ami, je suis là pour t'empêcher de faire n'importe quoi.
- J'aurais dû venir te voir quand j'allais vraiment mal.

Josh se contenta de hausser les épaules, ne sachant pas quoi répondre.

- Je dois te laisser, j'ai promis à Mia de venir la voir, elle trouve que je la délaisse trop depuis la rentrée, dit-il en tournant les yeux.
- C'est une fille bien, prends soins d'elle.
- Je fais mon possible, mais tu sais que moi les filles ça n'a jamais été mon premier intérêt.

Avant Mia, j'ai dû voir Josh avec deux filles depuis que l'on se connaît. Mais ces deux filles l'ont laissé tomber pour la même raison : il était trop absorbé par le sport et pas assez par elles. Il n'avait jamais réussi à s'attacher avant Mia, pour leur premier rendez-vous il avait annulé un match de basket, c'est là que j'ai su que Mia était la bonne personne pour lui.

- C'est la première à t'accepter avec ton sport, c'est celle qu'il te faut.
- Je suis amoureux Adil.

- Je désespérais d'entendre cette phrase sortir de ta bouche.

Josh me fit une accolade et se mit à courir en direction de la rue où habitait Mia.

- Maman je suis rentré, dis-je en essayant de réveiller ma mère qui s'était assoupie sur le canapé du salon avec un livre dans une de ses mains.
- Adil, qu'est-ce qu'il s'est passé ? Est-ce que tu t'es battu ? me demanda-t-elle en s'adossant contre le dossier d'un coup, pour vérifier si mon visage était toujours intact.
- Tout va bien, ne t'en fais pas.
- Tu es sûr ? me demanda-t-elle en essayant de se rassurer.
- Oui, tu n'entendras plus parler de lui, lui répondis-je sans vouloir lui donner plus de détails sur ce qu'il s'était passé.

Ma mère acquiesçait même si je sentais qu'elle n'était toujours pas rassurée.

- Je vais allez me coucher, bonne nuit mon chéri.

Elle m'embrassa la joue, je la regardai monter les escaliers.

Ce soir, Samy aura pu me faire prendre conscience que j'étais très différent de lui, car même si j'ai fait du mal aux gens que j'aime et même si j'ai fait les mauvais choix, j'étais, moi, toujours bien entouré.

24.

Nous sommes le 29 novembre. Aujourd'hui Alexie aurait dû avoir 19 ans, j'aurais dû la réveiller avec un beau message, venir la chercher par surprise chez elle, l'emmener faire les magasins, l'emmener dans le plus beau restaurant de la ville et surtout j'aurais continué de l'admirer encore et encore.

Il y a un an, j'étais avec elle, je tombais fou amoureux d'elle, j'imaginais la suite de ma vie à ses côtés. C'est fou tout ce qui peux se briser en une année, son âme, notre amour, mon cœur.

Allongé dans mon lit, j'avais demandé la veille à mes parents l'autorisation de ne pas allez en cours, je voulais passer ma journée à repenser à nous, à revivre chaque seconde de nos souvenirs. Je me retrouvais seul à la maison, mon père était au travail et ma mère à l'association pour laquelle elle était bénévole. Habillé d'un jogging noir et d'un t-shirt, j'avais perdu la notion du temps. J'étais resté assis sur mon lit à relire le carnet d'Alexie et à regarder nos photos sur mon ordinateur portable. La gorge nouée, je séchais d'un coup de bras les quelques larmes qui coulaient sur mes joues.

'Depuis qu'il est là, je me sens vivante'

'Chaque moment passé avec lui est magique...'

Je relisais en intégralité le journal intime d'Alexie.

- Adil ?
Ma mère me fit sortir de mes pensées et se permit d'entrer dans ma chambre, elle s'approcha de moi et me prit dans ses bras avant que je m'effondre.
- C'est toujours aussi dur maman.
- Je sais chéri, je sais.
Elle s'écarta de moi et sécha les larmes qui avaient à nouveaux coulés.
- Maman, il faut que je te montre quelque chose.
Je remontai mon t-shirt et fit apparaitre le 'A' encré sur ma peau. Quand je vis ses yeux s'écarquiller, j'ai tout de suite pensé qu'elle allait me faire la morale, elle avait toujours détesté les tatouages.
- C'est pour Alexie ? me demanda-t-elle.
- Oui, je sais que tu es contre mais...
- Et est-ce que tu le regrettes ?
- Bien sûr que non, je ne regretterai jamais rien qui soit en rapport avec Alexie.
- Alors c'est tout ce qui compte.
- Tu n'es pas fâchée ?
- Il est trop tard maintenant pour me fâcher.
Et elle repartit de ma chambre en prenant soins de fermer

la porte derrière elle.

- Au fait, ton petit déjeuner t'attend, me dit-elle en avançant dans le couloir.

25.

Tout était sombre, il y avait seulement une lumière blanche qui se cachait derrière une porte entrouverte. J'avançais petit à petit vers cette lumière, poussé par une pulsion que je regretterais sûrement. La porte s'ouvrit tout en douceur et je reconnu tout de suite le décor de la chambre d'Alexie. En entrant dans la pièce, je scrutai chaque coin et recoin du regard et là, je vis Alexie adossée contre son lit, assise sur son tapis, le bras en sang qui coulait jusqu'au sol et sa lame. Je me précipitai vers Alexie pour mettre ma main sur son bras pour arrêter le sang de couler, j'essayais de l'appeler pour qu'elle reprenne connaissance, mais rien, elle restait inerte devant mes yeux. Je criai pour que quelqu'un me vienne en aide. Je criai dans le vide.

Je me réveillai une nouvelle fois en sueur et en sursaut, c'était encore un cauchemar.

Mon téléphone vibra sous mon oreiller.

« Notre rendez-vous tient toujours ? Je voulais te proposer un cinéma ce soir. »

Lydia avait dû demander mon numéro à Mia, je lui envoyai un message pour accepter son offre. Après tout, c'est juste un cinéma.
Après m'être préparé, je descendis les escaliers pour pouvoir prendre mon petit déjeuner avant d'aller à ma journée de cours.
- Maman, est ce que je peux sortir ce soir ?
- Bien sûr.
- Par contre, mon rendez-vous est à côté de l'Université, est-ce que tu pourras venir me chercher ?
- Attend, tu as dit « rendez-vous » ?
- Oui, maman.
- Et comment s'appelle ce rendez-vous ?
- Je t'en dirais plus ce soir, si tu viens me chercher...
- Oui je viendrais.
Je la remerciai en lui déposant un baiser sur le front, pris une tartine de beurre déjà prête et bu en vitesse mon jus d'orange avant d'aller rejoindre Josh à la gare.
Je cherchais mes écouteurs dans mon sac en l'attendant.
- Alors comme ça, Monsieur à un rencard ce soir ? me demandait Josh en s'approchant de moi.
- Ce n'est pas un rencard.
- Ce n'est pas ce qu'on m'a dit…
- Et je peux savoir qui te l'a dit ?

- Mia, tu sais les filles, ça parle beaucoup entre elles, me dit-il en me poussant le bras pour me faire signe d'avancer vers le quai.
- Lydia pense que c'est un rencard ? demandais-je en m'arrêtant sur place pas du tout rassuré par ce que me disait Josh.
- Je pense oui et elle a hâte en plus de ça, en tout cas c'est ce que Mia m'a dit hier soir au téléphone.
- Mais pour moi c'est simplement une sortie en amis.
- Et bien à toi de lui faire comprendre ce soir que tu ne veux rien de plus, me rassurait Josh
- Attendez-moi les gars !
Adam arrivait en courant derrière nous, essayant de bousculer le moins de personne possible.
- Qu'est-ce que tu fais là ? demandais Josh.
- Je me suis levé en retard ce matin du coup mon père est parti sans moi et je dois prendre le train.
Josh et moi nous moquâmes d'Adam qui lui était loin d'être heureux de prendre le train, il était malade à chaque fois, même pour quinze minutes de transport.

Le soir venu, j'attendais Lydia dans le parc derrière l'Université, elle avait un peu de retard. Je regardais de temps en temps mon téléphone, pensant qu'elle allait sûrement annuler notre rendez-vous. Au moment où j'allais l'appeler, je la vis enfin arriver au pas de course. Elle était encore plus belle que la dernière fois même si elle était emmitouflée dans une grosse écharpe.

- Excuse-moi du retard, le prof' ne voulait pas nous laisser sortir avant la fin de sa leçon, m'expliqua-t-elle.

Je me contentai de sourire sans la lâcher du regard.

- On y va ? reprit-elle.
- Je te suis, dis-je.

Ne connaissant pas la ville, je laissai Lydia me guider jusqu'au cinéma.

- Cela fait longtemps que tu connais Mia ? commençai-je essayant de lancer un sujet de conversation
- Depuis la rentrée, on a tout de suite sympathisé, et toi ?
- Moi ? Oh, je connais Mia parce qu'elle est la copine de mon meilleur ami.
- Et Josh tu le connais depuis longtemps ?
- Depuis la maternelle, on ne s'est jamais lâché.
- Et j'avais une question, mais après si tu me trouves trop indiscrète tu n'es pas obligé de répondre, ok ?
- Dis-moi.
- Pourquoi tu es arrivé un mois après ?

J'aurais préféré une autre question c'est sûr, en voyant le panneau indiquant l'entrée du cinéma je pris cela pour dévier de la question.

- Je crois que l'on est arrivé. Dis-je

Je vis qu'elle était déçue que je ne lui réponde pas. Arrivés dans le hall du cinéma, nous choisîmes le film parmi ceux qui s'affichaient devant nous. Après des minutes à chacun défendre le film que nous voulions absolument voir, j'acceptai de voir le film de Lydia.

À la fin de la séance nous décidâmes de continuer à parler autour d'un verre. Assis à une table dans un café à côté du cinéma, je voulais apprendre à connaître Lydia, tout en buvant les sodas que nous avions commandés.
- Je voulais savoir, ma question tout à l'heure était si indiscrète que ça ?
J'étais maintenant coincé, si je déviais une nouvelle fois de sa question elle risquerait de le prendre vraiment mal et je ne voulais en aucun cas gâcher cette belle soirée.
- C'est une longue histoire, répondis-je en jouant avec mon verre de soda entre mes mains.
Elle appuya sur le bouton de téléphone pour l'allumer et connaître l'heure.
- Mon couvre-feu est dans deux heures, tu penses que cela suffira ? me demanda-t-elle.
Je mis mes mains devant ma bouche, cherchant comment expliquer tout ce que j'avais vécu en une année.
Je lui racontai tout, dans les moindres détails, de ma rencontre avec Alexie, de sa scarification, du mal que je me suis donné pour l'aider, de sa disparition et bien sûr de ma descente aux enfers quand je me suis mis à traîner avec Samy… Je ne lâchais pas du regard Lydia, je vou-

lais voir chacune de ses expressions. Au moment où je lui annonçai la mort de mon premier amour, une larme tenta de couler sur son visage… Même si je n'aimais pas voir les personnes pleurer cela me fit plaisir que mon histoire la touche autant, je savais que maintenant en plus d'être une fille belle et souriante, elle était aussi très à l'écoute et attentionnée.
- Voilà, tu sais tout.
- Je ne m'attendais pas à tout ça.
- Ce n'est pas le genre d'histoire qu'on entend tous les jours.
- Et ce n'est pas vraiment l'histoire que j'aime raconter.
- Je suis désolée.
- Ce n'est pas ta faute, et puis d'un côté ça fait du bien d'en parler et de ne pas tout garder pour moi, malgré cette fin tragique j'ai vécu une belle histoire.
Si j'avais cru un jour que je parlerais d'Alexie à une autre fille, que j'aurais parlé d'elle avec autant de calme, sans avoir la gorge nouée et les yeux noyés de larmes. Lydia comprit que je ne voulais pas m'étaler toute la soirée sur ma première histoire d'amour, alors elle s'engagea sur un autre sujet de conversation qui s'enchaîna avec d'autres jusqu'à la fin de notre rendez-vous.
J'ouvris la porte et fis un geste du bras pour la laisser passer devant moi. Le froid s'était un peu plus installé depuis notre entrée dans le café, je soufflais sur mes

mains pour les réchauffer, je vis que Lydia faisait pareil.
- Il faut que j'y aille, si j'arrive après le couvre-feu je risque d'en entendre parler pendant des années.
- D'accord, à lundi alors.
Je m'attendais à ce qu'elle s'en aille mais elle resta plantée devant moi à sourire. J'allais lui demander pourquoi elle me regardait comme ça quand elle colla ses lèvres contre les miennes. Ses yeux étaient fermés, les miens eux restèrent grand ouverts. Pourtant le décor, les lumières tout était là pour que le baiser ait tout d'un moment romantique, mais je n'y étais pas. Même en embrassant une autre fille je pensais à Alexie.
Lydia décolla ses lèvres des miennes et me regarda à nouveau en souriant.
- A lundi, finit-elle, avant cette fois-ci de s'en aller.
Elle s'éloigna un peu plus dans la rue illuminée par les lampadaires avant de tourner dans une autre rue et de disparaître complètement. Moi, je restai figé sur place à essayer de savoir si j'avais bien fait d'accepter cette soirée. Un klaxon me fit réagir, ma mère m'attendait dans la voiture à quelques centimètres. Mon sac de cours dans une main, j'ouvris la portière avec l'autre.
- Alors ton rencard ?
- Ce n'était pas un rencard maman, dis-je en m'attachant.
- Mais ça s'est quand même bien passé ?
- Oui, dis-je simplement, en restant encore bloqué sur le

baiser.

26.

- Donc toi quand je te dis « fait lui comprendre que tu ne veux rien de plus », tu comprends par là qu'il faut l'embrasser ?
Je venais de me réveiller et je tenais absolument à raconter ma soirée à Josh. Après lui avoir expliqué tout ce qu'il s'était passé, voilà ce que Josh m'avait répondu.
- Qu'est-ce que je dois faire maintenant ? demandais-je.
- Je ne sais pas.
Cherchant dans ma tête une solution, je descendis les escaliers tout en raccrochant avec Josh qui me proposa un match dans l'après-midi, ce que j'acceptai. En arrivant dans la cuisine habillé d'un jogging noir et d'un t-shirt gris simple, je pris un grand verre de jus d'orange, m'assis à table et repris mon téléphone pour faire un tour sur les réseaux sociaux. Twitter, Instagram, Facebook, je n'y étais pas allé depuis des mois… Sur le dernier réseau je tombai sur une photo de Mia et Lydia.
- Alors c'était elle ton rendez-vous ?
Ma mère se tenant derrière moi me fit sursauter au pre-

mier mot qu'elle venait de prononcer.
- Oui, dis-je en verrouillant mon téléphone et en le posant sur la table.
- Elle est plutôt jolie, dit ma mère en posant son sac de course sur la table.
- Dis maman, qu'est-ce qu'un garçon peut faire pour qu'une fille l'embrasse ?
Ma mère lâcha ce qu'elle était en train de faire et me regarda, ne comprenant pas où je voulais en venir.
- Cette fille avec qui je suis sorti hier soir, elle m'a embrassé, pour moi c'était juste une soirée amicale rien de plus.
Ma mère s'assit face à moi en écartant ses courses.
- A partir du moment où tu acceptes un rendez-vous seul à seul avec une fille, elle peut penser qu'elle est intéressante aux yeux du garçon.
- Je ne pensais pas à ça, dis-je en me frottant la tête entre les mains.
Ma mère prit mes mains et plongea son regard le plus compatissant dans le mien.
- Adil, il faut que tu te mettes en tête qu'Alexie ne sera pas la seule fille dont tu tomberas amoureux.
- Je sais, dis-je en baissant la tête.
- Mais si tu n'es pas prêt à aimer quelqu'un d'autre maintenant, il ne faut pas que tu t'inquiètes, tu ne rencontreras sûrement pas l'amour de ta vie avant des années.

- Pour moi c'était Alexie... dis-je en relevant la tête, les larmes aux yeux. J'aurais dû en parler à Cailin ou à un professionnel...
- De quoi tu parles ?
- Du fait qu'elle se faisait du mal, je ne pouvais pas l'aider seul, j'ai été immature de penser ça.
- Adil, arrête de remuer tout ça, ce n'est de la faute de personne, elle était mal bien avant que tu ne la rencontres, elle te faisait confiance c'est pour ça que tu as gardé le secret.
- Oui, mais si elle avait vu je ne sais pas moi, un psychologue ou autre elle aurait pu s'en sortir.
- Peut-être oui.
- Tu vois, j'ai participé à sa mort, si j'avais vraiment voulu l'aider j'en aurais parlé à quelqu'un qui s'y connaissait.

Mes yeux étaient en télépathie avec ceux de ma mère en voyant les siens aussi humide.

- Mais il y aura d'autres jolies filles qui tomberont sous ton charme, elles ne seront sans doute pas comme Alexie c'est vrai mais tu les aimeras toutes différemment.

Je voyais bien que ma mère ne savait plus quoi me dire, qu'elle était à court d'argument pour m'innocenter.

- Tu crois qu'un jour j'aimerais une fille plus que j'ai aimé Alexie ?
- Différemment Adil, toutes les histoires sont différentes, n'oublie jamais ça.

Ma mère me lâcha les mains et reprit ses courses pour les ranger.

Je finis mon jus d'orange en vitesse et remontai dans ma chambre. Je pris mon cahier de mathématiques pour réviser mon devoir de lundi et aussi pour me changer les idées, mais mon téléphone me fit sortir de mes révisions.

« C'était vraiment bien hier. »

Après ce message, je n'avais plus pu répondre à Lydia pendant des jours, des semaines et même des mois. Que ce soit par message ou en face, je l'évitais de toutes les façons possibles, en ne répondant plus à ses appels et ses messages, en changeant de couloir en la voyant arriver de loin ou alors en changeant de sujet de conversation avec Mia quand Lydia l'envoyait pour avoir des réponses.

Je n'étais pas fier de mon attitude mais je n'étais pas prêt à briser un cœur.

27.

Un dimanche matin d'été, j'étais à la recherche de mon téléphone dans mon lit. Sept heures trente s'affichait sur l'écran qui m'illuminait, suivi d'un message de plus venant de Lydia. Mon regard se tourna vers la fenêtre qui laissait passer quelques rayons de lumière, je me levai et me préparai pour mon footing du matin.
En descendant les escaliers je remarquai que tout était encore sombre, mes parents devaient encore dormir. Musique dans les oreilles, je repris mon chemin habituel, impatient de m'arrêter au Starbucks pour prendre mon jus d'orange frais. Je ralentis ma course à quelques mètres du point d'arrivée pour pouvoir reprendre mon souffle. La porte s'ouvrit avant que je ne puisse attraper la poignée.
- Excusez-moi, dit l'homme, le visage caché par sa casquette.
- Pas de soucis, répondis-je en voulant continuer mon chemin.
- Adil ?
Je me retournai, l'homme était en vérité Maximilien, je ne l'avais pas revu depuis notre dispute.
- Salut, dis-je en me grattant l'arrière de la tête, gêné.
- Cela fait un moment que je ne t'ai pas vu ?

- C'est que j'ai repris mes études, du coup je n'ai plus vraiment le temps de traîner…

Une femme passa en même temps entre nous pour rentrer dans le Starbucks, je me décalai pour la laisser passer, elle me remercia et je me remis à la même place pour reprendre ma discussion avec Maximilien.

- Viens, on va discuter à l'intérieur, dit-il en me montrant une place du doigt.

Après avoir commandé mon jus d'orange et avoir payé je rejoignis Max' qui était déjà installé sur la banquette. Je bus une gorgée pour enfin me rafraîchir et en même temps chercher un autre sujet de conversation mais il me devança.

- Alors comme ça tu as repris tes études ?
- Oui, je me suis inscrit à l'Université, comme quoi ton coup de poing m'a bien servi.

Il hocha la tête en lâchant un petit sourire.

- Je voulais m'excuser pour tout ce que j'ai pu te dire la dernière, je...
- Non, ne t'excuse pas, vraiment pas, tu as eu raison et je t'en remercie.
- Vraiment ?
- Oui, c'est grâce à ce qu'il s'est passé que le lendemain j'ai pris la décision d'aller à l'Université.

Ces yeux s'écarquillèrent.

- Vraiment, j'ai arrêté les conneries.
- Je suis content pour toi, je savais bien que ma petite sœur avait choisi un mec bien.
- Elle me manque... Enfin, je suis con je ne devrais pas te dire ça... repranais-je en me rendant compte de mes pa-

roles.

- Elle me manque autant.

- Ça va faire un an bientôt et même si j'ai repris le cours de ma vie, je passe encore mon temps à penser à elle.

Voyant que Maximilien ne réagissait pas à ce que je venais de dire je concentrai mon regard sur mon jus d'orange.

- Il nous arrive parfois avec maman de regarder les albums photos de famille, de reparler de nos souvenirs, c'est notre façon à nous de la garder près de nous…

Son regard était concentré sur la table en bois qui nous séparait.

- On va déménager.

- Quoi ? dis-je, surpris.

- Ma mère a eu une proposition pour un poste plus important à une heure d'ici.

- Et tu y vas aussi ?

- Oui je vais essayer de trouver un meilleur emploi ou de reprendre mes études, je ne tiens pas à être caissier toute ma vie, dit-il avec un petit sourire sans lâcher la table du regard.

- Et la tombe d'Alexie ?

- Je viendrai les dimanches pour continuer de m'en occuper, en espérant que maman sera d'ici là capable de m'accompagner, tu savais qu'elle n'étais toujours pas retournée au cimetière depuis l'enterrement ?

- J'ai eu du mal à y aller moi aussi...

- Et puis c'est notre nouveau départ à nous, qui sait, peut-être que je vais y trouver l'amour, le travail de mes rêves, je verrais bien.

- Je l'espère pour toi, vraiment.

Max' se rapprocha de moi en appuyant ses mains entremêlées sur la table.

- Arrête de te prendre la tête, vis ta vie, si tu rencontres une fille demain, fonce, Alexie t'a aimé et je sais que tu l'as aimée aussi mais ce qu'elle voudrait c'est que tu continues de vivre et que tu sois heureux.

- Je croirais entendre ma mère.

- Comme quoi, les mères ont toujours raison.

28.

Je me dirigeai vers le bar après être sorti de mon dernier cours de la journée, j'avais envoyé un message à Josh pour savoir où je pouvais le rejoindre.

Arrivé dans le bar, la musique de fond était toujours la même. Lydia était assise à une table ronde à lire un livre tout en buvant son thé, elle ne s'était pas rendu compte que je me trouvais à moins de deux mètres d'elle, elle que j'évitais depuis plusieurs jours. Je me retournai pour aller attendre Josh dehors voyant que j'étais le premier arrivé.

- Je peux savoir pourquoi tu m'évites comme ça ?

J'avais reconnu sa voix, je me retournai de nouveau vers elle, Lydia avait posé son livre sur la table. Elle mordit ses lèvres pour se retenir d'exploser face à mon comportement, je savais très bien pourquoi elle était dans cet état, depuis des jours je l'évitais et évitais surtout cette altercation.

- Dis-le-moi si tu ne veux plus entendre parler de moi, mais arrête de faire comme si je n'existais pas.
- Ce n'est pas ça... dis-je en m'asseyant à sa table.
- Alors qu'est-ce qui se passe ? Qu'est-ce que j'ai fait de mal ? Ecoute, je sais que ce que tu as vécu est dur pour toi, mais moi je veux simplement t'aider et si tu ne veux

pas, tu as juste à me le dire, je comprendrai ne t'en fais pas.
Lydia avait sorti cette phrase avec un incroyable sang-froid, elle avait réussi à calmer ses nerfs en un quart de seconde, ce qui me surpris et me plu en même temps. Aucun mot n'arrivait à sortir de ma bouche et je sentis par son regard que cela lui remonta les nerfs. Elle m'écrasa le livre d'Histoire contre le torse avant d'enchaîner avec ce qu'elle avait à me dire :
- Tu sais ce qui me dégoûte dans tout ça, c'est que si ça se trouve on pourrait vivre une belle histoire, si ça se trouve on passe à côté d'une putain d'histoire d'amour ou alors on découvrirait avec le temps qu'on n'est pas fait pour être ensemble, mais si on n'essaie pas comment on le saura ? Dis-moi ? Je sais que ce que tu as vécu est horrible et que tu as du mal à te remettre de la mort d'Alexie, mais on est bien quand on est tous les deux, je suis bien avec toi et je sais que toi aussi, on n'a rien à perdre après tout.
Elle avait parlé avec son cœur, avec son franc parlé.
- Je suis désolé, mais je n'y arrive pas, je t'aime beaucoup mais je ne peux pas te promettre plus qu'une amitié, je ne suis pas certain de pouvoir t'aimer comme tu le souhaites...
Ses yeux se remplirent peu à peu de larmes, une sortit mais elle l'enleva directement avec sa main, prit son livre et se leva.
- Je suis vraiment désolé, insistai-je en me levant à mon tour en attrapant son bras pour essayer de la retenir.
- Laisse tomber, au moins maintenant j'ai la réponse aux

questions que je me posais depuis quelques jours, me répondit-elle en libérant son bras.
Elle s'en alla et quitta le bar, me laissant derrière elle sans se retourner une seule fois.

« Ne m'en veux pas, s'il te plaît. »

Assis dans le train pour rentrer chez moi, j'attendais une réponse de Lydia.
Installé à table, j'écoutais mes parents discuter entre eux tout en remuant mes spaghettis avec ma fourchette et en tenant ma tête avec mon autre main.
- Alors Adil ça a été les cours aujourd'hui ? me demanda ma mère, en débarrassant son assiette et celle de mon père qu'ils avaient finies.
- Oui maman comme tous les jours.
- Tant mieux alors mon chéri.
- Je peux vous parler de quelque chose ? lançais-je en lâchant ma fourchette.
Tous deux me regardèrent interloqués par ce que j'étais prêt à leur dire.
- Voilà... commençais-je en frottant mes mains moites sur mon jeans, j'aimerais partir en voyage humanitaire cet été.
Je les regardai, ils ne se lâchaient pas des yeux, mon père secoua la tête, reprenant ses esprits.
- Depuis quand tu t'intéresses à l'humanitaire ?
- Depuis que mon professeur de philo' en a parlé en cours, il est parti en voyage humanitaire pendant trois semaines l'été dernier et avec tout ce qu'il m'a raconté,

j'ai envie de vivre une aventure comme ça moi aussi.
- Mais tu es sûr d'être au courant de tout ?
- Il faut que tu sois sûr aussi de partir au bon endroit et avec les bonnes personnes.
- Comme je vous l'ai dit, mon professeur de philosophie est parti avec cette association et il m'a assuré que tout se passerait bien avec eux.
- Et avec quel argent comptes-tu y aller ? J'imagine que tu dois tout payer.
- Je n'aurais rien à payer sur place, je dois juste m'occuper des billets, mais je pensais que je pourrais échanger les billets que vous m'aviez offert pour mon anniversaire.
Je voyais bien que mon projet les inquiétait, mais j'avais vraiment besoin de partir loin d'ici pendant quelques temps, de penser à autre chose qu'au passé et de me sentir utile.
Après des longues minutes de silence et des regards échangés entre mes parents, j'attendais avec impatience leur réponse.
- Après tout, tu es majeur, commença ma mère.
Mon sourire illumina mon visage et mes yeux s'élargirent aux mots qu'elle venait de dire.
- … alors tu peux y aller, si cela peut te faire du bien.
Je les remerciai chacun à leur tour.

Un peu plus tard j'avais invité Adam, Josh ainsi que Maximilien, je leur fis part à leur tour de mon projet.
- Alors ça veut dire qu'on ne va pas te voir de l'été ? me demanda Adam.
- Je ne pars que trois semaines, on se verra avant la ren-

trée.
- Si cela peut te faire du bien alors fais-le, me rassura Maximilien.
Josh me lança le ballon. Adam et Maximilien le rejoignirent
- Mec, tu es prêt à commencer le match ? me demanda Josh alors que j'étais encore assis sur un des bancs.
Je pris une gorgée d'eau de ma bouteille et rejoignis les autres sur le terrain.

29.

Cartons dans les bras, cela faisait une heure que je faisais des allers-retours entre le camion de déménagement et la maison de Cailin et Maximilien. J'avais proposé mon aide la veille, afin aussi de pouvoir renouer contact avec Cailin avant leur départ. Les déménagements en plein été ce n'était vraiment pas l'idée du siècle. Assis sur le bord du trottoir je faisais ma première pause de la matinée après avoir aidé Max' à porter un meuble. Il ramena de la maison deux bières pour nous rafraîchir.
- Tiens, me dit-il en m'en lançant une.
Je le remerciai et me décalai un petit peu pour qu'il puisse s'asseoir avec moi. Je bu une énorme gorgée, m'essuyai le front des gouttes de sueur à l'aide de mon t-shirt et appuyai mes bras sur mes genoux.
Au même moment Cailin passa devant nous pour mettre à son tour un carton dans le camion.
- Déjà fatigués les garçons ? dit-elle avec son plus beau sourire.
Depuis la dernière fois que je l'avais vu, Cailin avait complètement changé : son sourire était revenu, elle avait repris du poids et des couleurs. Maximilien m'avait confié que l'annonce de ce nouvel emploi lui avait redonné foi en l'avenir, c'était encore un nouveau départ

mais par amour pour son mari et pour Alexie elle voulait avancer et arrêter de ne vivre que pour son travail, sans voir ce qui l'entourait.
- J'ai oublié de te le dire mais Adil part en voyage humanitaire dans quelques jours, annonça Maximilien.
- Sérieusement ? demanda-t-elle en me regardant avec un sourire encore plus large.
- Oui, je pars trois semaines dans un petit village africain.
- Et que vas-tu faire sur place ?
- Je ne sais pas encore, il y a plusieurs missions à réaliser sur place mais peu m'importe.
- Tu sais qu'Alexie aurait adoré partir en voyage humanitaire elle aussi ?

Mon cœur fit un énorme bond. Elle ne me l'avait jamais dit, en quelques mois je n'avais pas pu tout savoir d'elle, tout savoir de ses rêves, de ses projets, de ce qu'elle voulait faire de son avenir. Je ne savais rien de tout ça.
Cailin s'assit à côté de moi elle aussi.
- C'était il y a quelques années, un soir je préparais le diner et elle était avec moi dans la cuisine, à lire un livre pour changer, commença-t-elle…
Ses yeux se remplissaient de larmes peu à peu mais son sourire restait toujours sur ses lèvres.
-… et là une publicité sur une association humanitaire est passée à la télé, elle me disait « regarde maman, regarde maman, je voudrais faire ça plus tard ». Vous auriez dû la voir, elle avait les yeux qui pétillaient... Elle était tellement belle…

Nous étions tous les trois, assis sur le trottoir, les larmes aux yeux, tous les trois à repenser à la fille que nous aimions le plus.

- Bon on a encore du boulot ! dit Cailin pour couper court à ce moment nostalgique.

- C'est parti, ajoutais-je en me levant.

Nous continuâmes de charger le camion jusqu'à la fin de la journée. Cailin m'invita à diner avec eux pour leur dernier soir dans leur maison, elle avait préparé plusieurs plats avec ce qui restait dans le réfrigérateur.

Nous parlions de tout, mais surtout d'Alexie, elle restait encore notre sujet de conversation préféré. Installés par terre autour de la table basse, le seul meuble qui restait dans la maison, Maximilien sortit une anecdote.

- Tu te souviens maman quand Alexie s'était enfermée dans la salle de bain pour se maquiller sans que tu ne le saches, elle ressemblait à un clown.

J'avais à mon tour envie de partager avec Maximilien et Cailin un souvenir.

- Un soir, Alexie m'avait appelé parce qu'elle ne se sentait pas bien, le temps que j'arrive elle s'était endormie mais elle avait laissé la fenêtre de sa chambre ouverte pour que je puisse rentrer. Elle portait le sweat qu'elle m'avait emprunté, elle était tellement belle, je n'ai pas pu m'empêcher de la couvrir de sa couette et de rester l'admirer pendant des heures.

Cailin et Maximilien me sourirent.

Le lendemain, je me réveillai dans mon lit. Habillé d'un

jogging, je retournai chez Maximilien et Cailin pour leur dire au revoir une dernière fois.

Arrivé sur place, ils s'activaient à remplir la voiture de Cailin des dernières valises, le camion de déménagement était déjà parti.

Maximilien me prit dans ses bras.

- Je t'appellerai quand je viendrais au cimetière, dit-il en se décollant de moi.

J'acquiesçai et me dirigeai vers Cailin. Les au revoir avec Cailin furent bien plus douloureux que ceux avec Max', je ne savais pas si je reverrais un jour Cailin.

- Prends soin de toi Adil, promets-le moi.
- Promis.

30.

- Tu es sûr d'avoir tout pris ?
- Oui maman, on a déjà vérifié mon sac trois fois.

Malgré ma réponse elle vérifia une nouvelle fois si tout ce qu'il y avait dans mon sac était en accord avec la liste qu'elle avait préparée. Une fois que mon énorme sac à dos fut prêt, je pris mon petit déjeuner dans la cuisine pendant que mon père remplissait la voiture. J'avais rendez-vous à l'aéroport pour dix heures.

Mes parents tenaient à m'accompagner tous les deux pour mon grand départ.

Dans la voiture mes parents me parlaient de ce qu'ils avaient prévu pendant mon absence, leur programme était chargé entre leurs visites à certains membres de la famille et leur semaine de croisière.

Arrivé à l'aéroport mon père qui avait pris des centaines de fois l'avion m'expliqua ce que je devais faire. Tout en l'écoutant, je vis au loin des adolescents regroupés autour d'un banc.

Je m'avançai vers eux et aperçus le représentant du groupe, un homme d'une quarantaine d'années. Je me présentai à lui et ensuite à ceux qui composaient le

groupe.
Je retournai vers mes parents qui m'attendaient un plus loin.
- On va te laisser. commença mon père.
- Tu fais attention à toi surtout ! continua ma mère.
Je les pris chacun leur tour dans mes bras et les regardai quitter l'aéroport.
- ATTENDS ADIL !
Je me retournai à la recherche de la personne qui m'appelait, dans la foule je vis arriver Lydia avec un sac à dos chargé à bloc.
- Mais qu'est-ce que tu fais ici ? lui demandai-je.
- Tu crois quoi, il n'y a pas qu'à toi que Mr. Leneur a donné envie de partir en voyage humanitaire.
- Alors tu pars avec moi ?
- Oui, j'avais aperçu les brochures que Mr. Leneur t'avait données, alors moi aussi je me suis renseignée de mon côté.
- Donc tu pars avec moi ?
Elle ouvrit les bras et fit un tour sur elle-même pour me montrer qu'elle était équipée pour venir vivre ce voyage avec moi. Elle se présenta à son tour au groupe et nous nous dirigeâmes tous vers les détecteurs de métaux, avant d'attendre à nouveau, assis à l'embarquement.
Tous les deux dans nos sièges, Lydia avait réussi à échanger sa place avec un homme d'affaires pour pouvoir rester avec moi. Elle disait que c'était pour ne pas me laisser seul pendant ces longues heures de vol, moi je pensais surtout que c'était parce qu'elle avait peur de l'avion et qu'elle ne voulait pas paniquer entre deux in-

connus.

- Tu sais Adil, j'ai repensé plusieurs fois à notre rendez-vous et j'ai mal agi.
- Comment ça ?
- Parce que tu t'étais confié sur Alexie, cela se voyait que tu l'aimais toujours à la façon dont tu parlais d'elle et moi je t'ai embrassé, c'était nul, je suis désolée.
- Je ne t'en veux pas, c'était à moi aussi de te repousser. Même si tu me plais Lydia, je veux seulement être ami avec toi.
- Et cela me convient.

Je souris à sa réponse

Après plusieurs heures de vol à dormir, se chamailler avec Lydia et faire connaissance avec nos voisins de devant qui venaient aussi avec nous., nous étions enfin sur le sol africain.

31.

Trois semaines plus tard...

Par la fenêtre de la voiture j'épiais chaque maison, chaque personne de mon quartier, pensant que pendant mon absence quelques visages ou quelques décors auraient changé, mais rien, tout était resté intact. J'étais installé à côté de mon père qui me conduisait à la maison après être venu me chercher à l'aéroport. Arrivés dans l'allée de chez moi je détachai ma ceinture, récupérai mon sac de voyage qui se situait sur le siège arrière, sortis et fermai la portière de la voiture avant de me diriger vers l'entrée. Ma mère couru depuis la cuisine quand elle entendit la porte s'ouvrir, et me prit dans les bras. Je passai un bras autour de son cou et gardais mon sac dans l'autre.
- Tu m'a manqué Adil ! Tu aurais pu donner un peu plus de nouvelles quand même ! commença-t-elle.
- Maman, je t'ai appelé tous les deux jours et chaque appel durait plus d'une heure donc je suis à peu près sûr que je t'ai donné assez de nouvelles, continuai-je ironiquement

Mon père referma la porte derrière lui et ma mère s'éloi-

gna de moi pour me regarder un peu mieux :
- Bon installe-toi, dit-elle en me montrant le fauteuil du regard, et tu me racontes tout, je veux savoir chaque instant de ton voyage.

Mon père alla vers la cuisine se préparer un café afin de poursuivre sa journée sans tomber de sommeil, il avait raconté dans la voiture qu'il m'attendait à l'aéroport depuis six heures ce matin alors que mon avion n'atterrissait qu'à onze heure, mais ma mère avait tellement peur qu'il me rate… Cela ne m'étonnait même pas d'elle. Installé sur le fauteuil en face du sien, je déposai le sac à mes pieds.

- C'était magique, je me suis senti important là-bas maman, les habitants ont été tellement accueillants et... Plus aucun mot ne sortit de ma bouche, en repensant à tout ce que je venais de vivre.

- Tu as eu raison d'y aller alors, tu as pu en profiter avec Lydia en plus…

Je souriais heureux et d'accord avec ce qu'elle venait de me dire.

- C'est vrai.

- Et du coup entre vous ? me demanda-t-elle.

- Nous sommes amis et nous serons toujours amis maman, dis-je avec un petit rire. Je vais aller me reposer un peu, repris-je en me levant du fauteuil pour ne pas continuer sur ce sujet de conversation.

Elle acquiesça et je me dirigeai vers l'escalier avant de monter et rentrer dans ma chambre. En ouvrant la porte je vis ma chambre rangée et sentis une odeur de propreté, je devinai de suite que ma mère était passée par là peu de temps avant que j'arrive. Je déposai le bagage sur mon lit et m'approchai de ma fenêtre pour ouvrir le volet en entier afin de voir la pièce un peu plus éclairée. Je lançai un coup d'œil à chaque coin de ma chambre et me rendis compte qu'être loin d'ici pendant ces trois semaines ne m'avait qu'à peine manqué. J'avais besoin d'être loin de tout, de ce qu'il s'était passé. Je retournai vers ma valise et l'ouvris. A l'intérieur se trouvaient les photos que Lydia avais capturées pendant le voyage avec son Polaroïd, on avait chacun choisi celles que l'on voulait garder, je les sortis et les regardai les unes après les autres en repensant à chaque moment où elles avaient été prises. L'une montrait les enfants du village jouant au foot avec un nouveau ballon que l'association avait ramené, parmi tant d'autres objets et jouets, une autre montrait Lydia aidant des femmes à la cuisine... Je pris le scotch qui était posé sur mon bureau et accrochai mes souvenirs sur un de mes murs. Je caressais les images du bout de mes doigts avant de reculer, mon regard changea de direction se posa sur la photo encadrée d'Alexie, positionnée sur le meuble. Restant quelques secondes bloqué devant son portrait, plusieurs idées me vinrent en tête. Je pris mon ordinateur portable et m'allongeai sur mon lit pour faire mes recherches.

Je descendis les escaliers avec des dizaines de papiers dans les mains, j'appelai ma mère qui me répondit qu'elle se trouvait dans le jardin.

- Maman, il faut que je te parle de quelque chose.

Elle se releva de sa chaise longue et posa le livre qu'elle venait de commencer.

- J'ai besoin de ton aide, pendant tout le voyage quelque chose me trottait en tête, je voudrais monter une association pour les adolescents mal dans leur peau...
- Adil, c'est un projet magnifique mais tu n'imagines pas le travail que c'est de gérer une association.
- Si, je viens de faire des recherches et toi tu es bénévole, tu sauras aussi comment m'aider.
- Oui, bien sûr.
- Je commencerai tout petit, je ferai des rassemblements avec quelques personnes qui seraient concernées elles-mêmes ou par un membre de leur entourage...
- D'accord, déjà il te faut un nom pour ton association, ensuite il te faut faire des affiches pour les accrocher dans la ville et trouver une salle où tu pourrais rencontrer les personnes.

On passa tous les deux le reste de la journée dans le jardin, à peaufiner chaque détail de mon projet naissant. Ma mère avait passé quelques coups de fil pour avoir plus d'infos sur ce qui était flou pour nous. On avait ensuite fait part de nos idées à mon père, qui voulut lui aussi participer. Il m'avait alors donné rendez-vous le lendemain à son entreprise pour imprimer mes affiches.

Sur le chemin du retour, je collai les quelques affiches que j'avais en mains sur des panneaux publicitaires, je n'avais plus qu'à espérer que des personnes croient en mon projet comme j'y croyais.

32.

Nous installions les dernières chaises afin que cela fasse un cercle, ma mère installait sur le buffet les gâteaux et les boissons qu'elle venait d'acheter spécialement pour aujourd'hui. Aucun de nous deux ne savait le nombre de personnes qui pouvait venir. Nous attendions donc l'heure prévue pour la première réunion avec impatience. Ma mère avait demandé la salle au maire de la ville, elle me disait qu'il lui devait un service après toutes les fois où elle l'avait aidé pour son élection.

Ma mère se servit un café et m'en servit un en même temps, accompagné d'un sucre, sentant que je commençais à stresser et à ne pas lâcher la porte d'entrée des yeux.

Après une heure seuls, passée avec ma mère, j'entendis un bruit provenant de l'entrée. Assis sur une des chaises installées, je vis enfin une personne arriver, je me levai d'un coup afin de l'accueillir.

- Excusez-moi, c'est bien ici que se passe le rassemblement ? demanda la jeune femme, tout intimidée.

- Oui, c'est bien ici, la rassurai-je en m'avançant vers

elle.

- Veux-tu quelque chose à boire ? demanda ma mère en s'approchant de nous.

- Non merci, c'est gentil.

- Et bien, je t'en prie viens t'asseoir, d'autres personnes vont venir sûrement, dis-je en l'accompagnant à une chaise.

Elle s'installa et je fis de même, face à elle en m'accoudant à mes cuisses. Je la regardai, cherchant un prétexte pour engager la conversation.

- Et dis-moi, comment t'appelles-tu ?

- Romane, me répondit-elle.

- Et Romane, comment as-tu su que j'organisais ce regroupement cet après-midi ?

- Tu étais dans le même lycée que moi l'année dernière, je suis en terminale maintenant, mais je te connaissais déjà de là et quand j'ai appris ton histoire et que tu organisais ce regroupement, j'ai pensé que cela pourrait peut-être m'aider, me confia-t-elle.

Je lui fis un petit sourire, c'est exactement ce genre de phrase que j'ai envie d'entendre pour avancer dans ce projet.

Toutes les chaises autour de moi n'étaient pas occupées, seulement cinq personnes avaient franchi le pas de la porte. Mais qu'importe, je voyais des personnes de mon âge, tout intimidées, je me devais de faire le premier pas vers eux, leur montrer que j'étais là pour les aider.

-Je sais que je suis loin d'être un professionnel sur le mal-être adolescent, mais je ne pense pas qu'il faille faire de hautes études pour venir en aide et être à l'écoute de ceux qui ne demandent que ça.

Tous étaient concentré sur mes paroles, je soufflai un grand coup afin de garder mon courage avant la fin de mon dialogue.

- Si j'ai voulu créer cette petite association, c'est avant tout pour venir en aide c'est vrai, mais aussi pour rendre hommage à cette personne que j'ai perdue.

J'ai longtemps cru que c'était ma faute, que je n'avais pas su être la bonne personne pour l'aider, que je n'avais pas tout donné pour qu'elle arrête de se faire du mal, elle aussi se scarifiait comme quelques-uns d'entre vous, je l'ai aimé et aujourd'hui je veux vous faire comprendre que vous n'êtes pas seul, vous êtes entouré et même si vous pensez que ce que vous vivez ne touche que vous, vous avez tort.

Je cherchai les mots pour finir mon discours, avant qu'à son tour j'espère, chacun prenne la parole.

- Si un jour vous pensez à la mort, ou qu'une lame touche un peu trop près une de vos veines, pensez à cette ou ces personnes qui sont sous le même toit que vous.

Les regards des cinq jeunes gens devant moi était toujours fixés sur moi, j'attendis un peu pour voir si l'un d'entre eux allait se jeter à l'eau, certains regards se baissèrent comme s'ils comprenaient ce que j'attendais, quant au mien il se tourna vers ma mère pour chercher un peu d'aide. De l'endroit où elle était, elle me fit des signes avec les bras pour que je reprenne la parole.

- Très bien, alors est-ce que quelqu'un voudrait parler ? demandais-je, moins spontané que sur mon précédent discours.

Les secondes qui suivirent paraissaient des heures, le silence trônait dans la salle.

- Moi.

Je me tournai vers la voix, ma sauveuse. Une jeune femme brune avec des lunettes, qui présentait bien, le genre de personnes auquel on ne s'attendrait pas à voir se faire du mal.

- Bien sûr, nous t'écoutons, dis-je enchanté et soulagé.

Elle mit du temps à se lancer, elle tirait sur ses manches et les regardait en même temps.

- Je m'appelle Amélie, au début du collège j'avais quelques amis, peu mais cela me suffisait… Et puis arrivée en quatrième ils m'ont tous lâchée les uns après les autres...

Je me tournai vers chacun d'entre eux, ils étaient tous concentrés sur ses paroles cette fois ci.

- J'ai essayé de comprendre à plusieurs reprises pourquoi je m'étais retrouvée seule en si peu de temps, on disait de moi que je n'étais pas assez jolie, que j'étais la bonne élève et que c'était la honte de traîner avec moi, que tout simplement je n'étais pas comme tout le monde… Alors j'ai commencé à me mutiler…

Elle remonta les manches de son pull en même temps qu'elle finissait sa phrase. Un énorme frisson se propagea en moi. Ses bras étaient remplis de cicatrices. En un quart de seconde j'eu l'impression de revenir plus d'un an en arrière, je me revis avec Alexie assise à cette table au lycée le nez dans son livre, c'était la première fois que je voyais les coupures sur l'un de ses bras.

Je repris connaissance après être resté en tête-à-tête avec mon esprit et me reconcentrai sur Amélie et son histoire.

- Excusez-moi, j'aimerais parler aussi si c'est possible ?

On se tourna tous vers la jeune femme qui venait de parler, elle était brune avec de grandes boucles. Elle devait avoir vingt-cinq ans pas plus.

- Moi aussi dans mes années lycée je me mutilais, je me sentais mal dans ma peau et je faisais semblant d'être une autre personne, une fille méchante qui rabaissait les personnes plus faibles...

Elle remonta une des manches de sa chemise en jean, je m'attendais à voir des cicatrices sur son bras mais rien, il me semblait intact, il y avait juste un tatouage, un point-virgule.

- Après avoir quitté le lycée, j'ai voulu me montrer moi-même, plus aucun de mes amis, si l'on pouvait appeler cela des amis ne m'avait recontacté, alors j'ai décidé qu'à ma rentrée à l'Université je me montrerais tel que je suis et c'est à partir de ce moment-là que j'ai arrêté de me faire du mal. Je me suis refait des amis, qui m'acceptèrent comme je suis, et en cours d'année j'ai appris que le point-virgule définissait aussi un symbole, l'objectif est de redonner espoir à ceux qui ont des troubles tel que l'auto-mutilation.

Elle était un exemple pour ceux qui se trouvaient dans la pièce. Je n'avais aucune idée qu'il existait un symbole pour la mutilation.

-Et c'est seulement les personnes qui se font du mal qui ont le droit de se faire ce tatouage ? demanda Amélie.

- Non, même les proches ont le droit, tout le monde même, je pense, il faut juste se sentir concerné.

-Merci, merci beaucoup pour ton témoignage, je pense que tu n'imagines pas à quel point tu peux être un encouragement, n'est-ce pas ? demandais-je en regardant chacune des autres personnes

Tous hochèrent de la tête. Tout en écoutant les réactions pour la jeune femme, certains lui posaient des questions sur comment elle avait découvert la mutilation, d'autres lui expliquaient vivre la même situation. Je balayai la salle du regard et au loin je pu apercevoir une femme adossée à la porte qui était aussi captivée par l'histoire d'Amélie. C'était Cailin.

33.

Après le dernier témoignage d'une adolescente présente dans le groupe, je me levai de ma chaise et remerciai toutes les personnes qui étaient venues.
- Pour ceux qui ont apprécié ce moment, j'organise la semaine prochaine un nouvel après-midi ici-même, où vous pourrez à nouveau vous confier et vous entraider, annonçai-je.
Je les laissai partir, certaines personnes vinrent me voir pour me remercier à leur tour d'avoir mis en place un groupe de soutien. Ils me remerciaient surtout parce qu'ils ne se sentaient plus seuls à présent. Je rejoignis ma mère qui était à l'autre bout de la salle et qui discutait avec Cailin.
-Je suis tellement fière de toi Adil.
Ma mère me prit dans ses bras avant de s'éloigner pour s'occuper du buffet, elle me laissa avec Cailin.
- Comment avez-vous su que j'organisais quelque chose ? demandai-je surpris de sa présence.
- Maximilien m'en a parlé, il l'a appris par les réseaux sociaux, du coup j'ai voulu venir faire un tour, m'annonça-t-elle avec un sourire.
Je ne l'avais encore jamais vu autant sourire.
- C'est vraiment formidable ce que tu as fait Adil.

- Merci, vous savez j'ai créé l'association pour moi, pour venir en aide aux personnes qui sont dans les mêmes tourments qu'a vécus Alexie, c'est une façon pour moi de l'avoir encore avec moi.
- Merci pour elle, tu es quelqu'un de bien Adil, n'en doute jamais.

Je souriais, flatté par ce qu'elle venait de me dire, c'était le plus beau compliment que l'on pouvait me faire après les étapes par lesquelles je venais de passer. Je m'étais senti seul au moment où j'étais le plus entouré, j'avais renié les personnes importantes pour des personnes futiles et j'avais déçu les deux femmes que j'aimais, ma mère et Alexie. Aujourd'hui je pouvais les rendre fières toutes les deux, en redevenant le Adil d'avant, qui manquait à ma mère, et en rendant hommage à celle qui me manquait le plus au monde.

Cailin venait de rejoindre ma mère au buffet pour prendre un café avec elle quand je saluai la dernière personne qui quittait la salle, pris ma veste en cuir qui était sur une chaise à côté de moi et les rejoignis.
- Je reviens maman, je dois aller faire quelque chose, dis-je en enfilant ma veste.
- Mais Adil, je ne vais pas ranger la salle toute seule ! répondit-elle en commençant à s'affoler.
- Ne t'en fais pas je vais t'aider, proposait Cailin.

Je souris à Cailin pour la remercier de prendre ma place pour le rangement et fis une bise à ma mère après qu'elle ait accepté de me laisser partir…

J'avançais vers sa tombe, même un an après sa pierre tombale était toujours aussi fleurie. Maximilien m'avait avoué qu'il y allait tous les dimanches matin, même après le déménagement, les kilomètres ne l'empêchaient pas de toujours faire en sorte que tout soit impeccable pour sa petite sœur et pour sa mémoire. Je tenais dans mes mains une orchidée blanche que je déposai dans un vase vide disposé sur sa pierre. Je regardai sa photo et me raclai la gorge avant d'enfin sortir quelques mots.

- C'est toujours aussi dur de te voir uniquement en photo et en plus, la voir sur une tombe. Tu as été ma plus belle histoire d'amour et tu resteras toujours mon premier amour, je ne pourrai jamais oublier la personne que tu étais, tout ce qu'on a vécu, enfin le peu qu'on a vécu… Je baissai la tête et soufflai un grand coup pour me retenir de pleurer.

Enfin, tu sais, cela fait plus d'un an maintenant que tu nous a laissés et tout le monde n'a pas arrêté de me rabâcher que je devais continuer de vivre, que je devais faire mon deuil… Au début je croyais te trahir, alors je restais dans ma solitude, puis j'ai enchaîner les conneries, j'ai déçu tous ceux qui m'entouraient, je n'arrivais pas à me faire à l'idée que je devais reprendre le cours de ma vie, sans toi. Puis un jour je les ai écouté, ma mère, Maximilien, même mes amis et pourtant Dieu sait que parfois il ne vaudrait mieux pas. Je lâchai un petit rire et regardai à nouveau sa photo.

J'ai essayé d'être avec une autre fille, elle était très bien mais c'est encore beaucoup trop tôt pour aimer à nouveau. J'ai décidé de venir en aide aux autres, aux personnes qui passent par des moments sombres dans leur vie, comme tu en as vécu, et qui ont l'impression que

cela ne s'arrêtera jamais. A défaut d'avoir échoué avec toi j'espère réussir avec ces personnes qui me demanderont de l'aide à l'avenir. Alors Alexie Carter je te jure que tu auras toujours cette place importante dans mon cœur. Je m'accroupis au pied de sa tombe.
Je continuerai toujours de t'aimer.
Un pétale de l'orchidée que je venais de déposer tomba sur sa pierre tombale, comme un signe de sa part, je regardai le ciel quelques instants et rejoignis mon entourage pour poursuivre mon combat.

FIN.

Vous pouvez me retrouver sur Instagram :

@INSTACARLIE

Vous pouvez aussi retrouver l'illustratrice de la couverture sur Instagram :

@JECRISPARFOIS

Ainsi que Antoinette Pardon, correctrice professionnelle

@ANTOINETTE_PDN

DU MÊME AUTEUR :

- **CAPTIVE TOME 1**
- **CAPTIVE TOME 2**
- **CAPTIVE TOME 3**
- **ET SI TOME 1**
- **LES MOTS DE MON COEUR**
- **GLORIA**
- **C'ÉTAIT ECRIT**

AUTO ÉDITION
CARLIE
ISBN : 9782322551316
Prix : 12 €
Parution : 2017